TATUAGGIO ISPIRATO

Un romanzo alla Montgomery Ink

CARRIE ANN RYAN

Tatuaggio Ispirato

Un romanzo alla Montgomery Ink

Carrie Ann Ryan

Tatuaggio Ispirato
Una novella alla Montgomery Ink
di Carrie Ann Ryan
©2020 Carrie Ann Ryan
eBook ISBN: 978-1-63695-400-4
Paperback ISBN: 978-1-63695-108-9
Titolo originale: *Ink Inspired*
Traduzione dall'inglese di Well Read Translations
http://wellreadtranslations.com
Prodotto negli Stati Uniti
Per maggiori informazioni, iscriviti alla MAILING LIST di Carrie Ann Ryan.

Per interagire con Carrie Ann Ryan, entra nel FAN CLUB su Facebook.

Tatuaggio ispirato

Nel momento stesso in cui Shea Little entra in quel negozio, Shep Montgomery sa che farà di tutto per conquistare il suo cuore… e per portarsela a letto. Peccato che lei continui a proteggersi con barriere impenetrabili da chiunque la voglia avvicinare. Shea ha le sue ragioni, ragioni che non dice a nessuno, nemmeno all'uomo che la riempie di desiderio… un desiderio che non le era mai stato acceso prima.

Un solo tocco può cambiare tutto: per loro due è solo l'inizio.

Capitolo uno

"LE PUOI FARE LE TETTE PIÙ GRANDI?"

Shepard Montgomery inarcò un sopracciglio ma non rispose. La verità era che non *poteva* dire nulla in quel momento, senza mettersi a ridere.

O senza mettersi a picchiare quel tipo.

"No, dico davvero. Voglio che le sue poppe siano, cioè, devono essere enormi. Molto più di quelle del mio amico Justin."

Shep sbatté le palpebre.

"Justin?" ripeté con la voce roca. Quel tipo sembrava farlo apposta per fargli venire un colpo.

Il cliente sbuffò. "Ma sì, lo conosci, Justin. Sai il mio amico? Quella puttana che si è fatta tatuare sulla schiena ha delle belle poppe. La mia deve averle più grosse."

Shep chiuse gli occhi, cercando di pensare al modo più gentile per spiegare che no, non voleva tatuare una giovane vergine dalle tette enormi, solo perché quel tipo voleva strafare col suo amico. Poi, quell'altro era davvero un bel tipo in tutti i sensi, erano due pivelli, forse i più idioti del college che fossero mai entrati nel suo negozio, per chiedere a Shep un tatuaggio con qualche stupidaggine. Certo, non era stato lui a tatuare Justin, ma comunque… a loro non interessava nemmeno dover trascorrere il resto della vita con quel tatuaggio di merda (non perché Shep facesse dei tatuaggi merdosi), solo perché erano due idioti imbecilli.

Avrebbe solo dovuto mandare a quel paese quello scemo, ma del resto fare tatuaggi era il suo lavoro, quindi forse non era il caso di essere così onesto.

No, un momento, a lui non interessava per nulla l'idea che si faceva quel tipo.

Shep non voleva certo *vincere* il premio per la migliore accoglienza clienti nel settore.

Eh no, a lui non fregava un cazzo.

"No, ragazzo, non ti faccio un tatuaggio con una donna dalle tette enormi solo perché vuoi fare a gara col tuo amico."

Gli occhi di quel ragazzo si spalancarono, poi si

strinsero fissi su di lui, in quell'occhiata tipica da figlio di papà.

"Ehi, guarda che pago! Me lo fai, amico, non so che cazzo di problema hai. Voglio solo una bella tipa con le tette grosse sulla schiena. Deve avere le tette più grosse di quella stronza che ha sulla schiena Justin."

Shep posò lentamente sul tavolino la penna con cui stava per prendere appunti, poi spinse indietro il suo sgabello. Quella posizione non era certo comoda, dall'alto dei suoi quasi due metri, ma in quel momento non gliene importava un fico secco.

"Allora, *amico mio*, senti un po' come vanno le cose adesso. Qui non ti becchi un bel nulla. Di certo non adesso, forse mai più. Pensi davvero che i soldi ti diano il diritto di entrare nel miglior negozio di New Orleans e farla da padrone, come se fosse tutto tuo, ma ti pare?"

"È solo il tuo *lavoro*," sbottò lo stronzetto.

"No. Il mio lavoro è fare delle opere d'arte. Caso vuole che le faccia sulla pelle. Oggi però… mai e poi mai. Non su di te. Sarai il benvenuto e potrai tornare quando ti sarai fatto un'idea del tatuaggio che vuoi, adesso puoi anche andartene a fanculo, caro mio. Vuoi sulla schiena la faccia di una qualunque, una cagata senza senso? Non è nemmeno una bella ragazza copertina, come quelle di una volta. No, non funziona così. Vuoi una donna con le tette più grandi perché vuoi battere il tuo amico? Bello mio, se non ce l'hai più grosso tu, il tatuaggio non ti serve a nulla."

Il ragazzo sbatté le palpebre, le sue guance si fecero lentamente rosse a chiazze, per la rabbia o per l'imbarazzo (probabilmente un po' per tutti e due), a quel punto sembrava anche più giovane dei suoi diciannove anni.

"Dovresti farti tatuare qualcosa di importante, almeno qualcosa che non sia solo uno scherzo. Di certo non entri qui nel mio negozio facendo il duro e ordinandomi quello che devo fare."

"Ehi!"

"Oh, dimenticavo. Se ti capita *ancora* di chiamare una donna "puttana", una donna *qualunque*, ti tolgo di dosso quella faccia di merda in un batter d'occhio. Via dal mio negozio, per oggi abbiamo finito."

"Vaffanculo! Andrò a farmi il mio tatuaggio da qualche altra parte, dove trattano meglio i clienti, come si deve, non da un artista mancato e fallito che non sa un emerito tubo."

Il ragazzo se ne andò, con gli occhi di tutti i presenti puntati su di lui.

Shep chiuse gli occhi e pregò di mantenere la calma.

Cazzo.

Aveva trentotto anni e la sua vita era arrivata a quel punto.

Degli sciocchi del college a cui piacevano le tette grosse.

Fantastico.

"Tranquillo, amico. Perché la prossima volta non ti fai due passi? Così sarebbe tutto più semplice," gli canticchiò Sassy, la segretaria della Midnight Ink, anche lei folle fino al midollo, mentre gli passava vicino.

"Ma stai zitta, Sass, per favore, non sono dell'umore giusto."

"Ma tu non sei mai dell'umore giusto, piccolo, è questo il problema. Anche se, a dirla tutta, non so proprio perché hai accettato di far venire quello stronzetto per un progetto. Si capiva fin dall'inizio che era uno squattrinato da 'torno subito', bastava guardarlo."

Uno squattrinato da 'torno subito' era un tipo che se ne usciva dal negozio per andare a prelevare al bancomat o con un'altra scusa qualunque, dicendo solo "torno subito", anche se poi se la squagliava e non tornava più.

Eh sì, quel ragazzino sembrava proprio uno squattrinato, anche se voleva fare impressione sui suoi amici, quindi chissà…

"Sass, ma davvero?! Non sono dell'umore giusto," grugnì di nuovo Shep, mentre ripuliva la poltroncina della sua postazione di lavoro. Quella mattina non aveva ancora ricevuto dei clienti, ma non voleva che rimanesse alcuna traccia di quel *bel tipo*.

"Avresti dovuto incaricare Caliph," disse Sass, con uno sguardo provocante, un po' troppo deciso.

La Midnight Ink era un negozio di tatuaggi su Canal Street, ci lavoravano a turno vari tatuatori. Non lavoravano sempre tutti, ogni giorno; si presentavano solo se volevano guadagnare qualcosa. Ma dato che tutti quelli che ci lavoravano avevano bisogno di soldi per pagare cazzate varie, si presentavano tutti. In genere lavoravano sui clienti occasionali che si presentavano senza prenotazione., ma a volte alcuni si occupavano di clienti particolari, scelti apposta tra quelli in lista d'attesa. Quei tipi facevano tatuaggi solo con determinati elementi, perché erano dei *mostri* in quel campo.

Shep faceva un po' di tutto, il modo in cui faceva le sfumature era meraviglioso, anche se non si era troppo specializzato. Il suo migliore amico, Caliph, era come lui.

Shep avrebbe dato via un testicolo, pur di vedere il suo migliore amico, grande e grosso com'era, affrontare quel ragazzino del college.

"Cos'è che state dicendo, che dovevo pensarci io a un bel tipo?" chiese Caliph, che attraversava il salone per andare alla sua postazione.

Shep era alto e grosso.

Caliph era ancora più grosso.

E faceva ancor più paura.

"C'era un ragazzino perfetto per te," gli urlò Shep dall'altra parte del negozio, tanto forte che alcuni dei clienti si voltarono verso di lui. "Voleva le tette grosse come il suo amico."

Caliph sbuffò, poi gli mostrò il dito medio. "Vaffanculo, Shep."

Ecco, amici da un decennio, sempre brillanti come i primi giorni.

Shep scosse la testa e poi fece un cenno col mento verso Sassy e Caliph, per far loro capire che usciva a prendersi un caffè. Sassy faceva il caffè migliore nel negozio, ma Shep non voleva starsene là seduto troppo a lungo. Aveva bisogno di prendere aria.

Di nuovo.

Doveva pensare; l'aria calda e umida di New Orleans lo aiutava sempre a riflettere. Certo, non era l'aria frizzante e pulita delle Montagne Rocciose, dov'era cresciuto, ma gli piaceva comunque. La sua famiglia, i suoi parenti, che vivevano tutti vicino a Denver, pensavano che fosse un cretino, perché si era trasferito al sud, a New Orleans, per aprire un negozio tutto suo, o almeno per trovare un negozio che gli piacesse, ma lui si trovava benissimo.

Insomma, almeno in passato.

Porco cane, doveva chiarirsi le idee, capire cosa c'era che non andava, perché era di umore così cattivo. Aveva trentotto anni, non era un giovincello, ma diamine non era nemmeno un vecchio decrepito. Forse aveva solo bisogno di qualche cambiamento forte.

Solo che non aveva idea di che tipo di cambiamento.

Shep girò l'angolo per andare al bar, quando una cosina piccolina gli corse addosso, facendolo imprecare.

Così inspirò di scatto, mentre lei lo guardava, dal basso verso l'alto.

Diamine, che occhi particolari. Erano di un

azzurrino molto pallido, sembravano quasi dei cristalli riflessi nell'acqua, in un giorno di sole.

Dovevano per forza essere delle lenti a contatto colorate, perché erano di un colore impossibile.

"Mi scusi. Non ho fatto attenzione a dove stavo andando. Mi scusi." Quella bionda minuta gli girò intorno dopo aver balbettato le sue scuse, dirigendosi in senso opposto.

Shep sbatté le palpebre.

Beh, ma che cavolo... che incontro strambo. Non era nemmeno riuscito a dir nulla... poteva dire tipo "che begli occhioni" o qualcosa del genere, magari lei si sarebbe interessata e avrebbero preso un caffè insieme.

Shep scosse la testa. Porco cane se aveva bisogno di quel caffè. A pensarci bene, ciò di cui non aveva bisogno era proprio una donna con gli occhioni grandi, che probabilmente lo vedeva come un ex carcerato con le braccia tatuate e con una cicatrice sulla fronte, per non parlare dei piercing e degli altri tatuaggi nascosti.

No, di certo non voleva quel tipo di rottura.

Allora di cosa aveva bisogno? Ecco, era proprio quello il dilemma.

Non lo sapeva.

Ordinò un caffè alla ragazza del bar, che gli

sbatté le ciglia più volte. Shep trattenne un gemito, non era certo un grugnito di piacere. Era una ragazzina di appena una ventina d'anni, se non meno. Mai e poi mai lui sarebbe sceso così in basso, nemmeno per una fica da paura come quella.

Così Shep si incamminò verso uno dei tavolini all'aperto e si sedette con la sua tazza di caffè; non era ancora pronto a tornare al lavoro. Cavolo, se anche solo pensava che una appena ventenne fosse una fica da paura, forse aveva solo bisogno di farsi una scopata. Forse era quella, la risposta a tutti i suoi problemi; o forse no, forse nemmeno una notte intera di sesso sfrenato contro il muro non bastava a farlo uscire dal suo umore nero. Il modo in cui si era infuriato con un ragazzino come quello gli diceva che stava tutt'altro che bene.

Doveva capire cosa cavolo gli stava succedendo, doveva trovare una soluzione, un'ispirazione.

Magari alla svelta.

Shep respirò profondamente l'aria umida di New Orleans, poi bevve un sorso di caffè. Cavolo, quanto gli piaceva il caffè che facevano in quel bar. Non era né troppo amaro, né troppo aromatico. Certo, quando andava al nord, a Denver, a trovare i suoi, gli piacevano anche i tipici localini del Colorado, così diversi, ma per lui non c'era niente di meglio del caffè di New Orleans.

Era il profondo sud, non sembrava nemmeno inizio gennaio. Le vacanze sembravano ormai cosa passata, le feste di Capodanno, che a New Orleans erano sempre così esagerate, ormai erano una memoria evanescente.

Ciò che invece gli era ben chiaro erano i suoi propositi del nuovo anno.

Eh, no. Si era detto che *quell'anno* sarebbe stato diverso, non se l'era certo dimenticato. Aveva deciso di trovare una nuova ispirazione, per fare qualcosa di veramente artistico, che significasse qualcosa sia per lui che per i clienti, non solo tatuaggi a caso, uno dopo l'altro.

Shep si passò una mano sulla barba incolta di cinque giorni, poi sospirò.

Quando cavolo si era trasformato in un ragazzino emotivo?

Il cellulare gli vibrò in tasca, così lo tirò fuori dai jeans. Quando vide sullo schermo il nome di Austin, suo cugino, sorrise. Se c'era qualcuno che lo poteva distrarre da quel malumore, era proprio Austin.

"Ehi, ciao, che mi dici?"

"Nulla," rispose Austin, con la voce più

profonda anche di quella di Shep. "Ho appena finito una schiena intera, ci sono servite sei sedute. Ora cerco di togliermi dalla testa le penne di fenice per concentrarmi sulle scaglie di drago."

"Hai fatto una foto?"

"Cazzo, certo che sì," replicò Austin ridendo. "Te la mando tra poco. Un bel quadretto, se posso permettermi. Mi stavo annoiando e non avevo voglia di fare due passi per andar fuori a mangiare, così ho pensato di chiamarti per vedere come te la passi. Quando sei venuto per Natale non abbiamo avuto modo di parlare molto."

Quasi tutto il clan Montgomery viveva nella zona di Denver. Shep era uno dei pochi che si era avventurato più lontano. Anche se lui e Austin erano di età molto simile, quando Shep era andato a Denver per le vacanze non aveva passato molto tempo con il suo cugino preferito. Eh già, Austin era il più grande di sette, tra fratelli e sorelle, Shep aveva tre fratelli, poi c'erano gli altri cugini Montgomery, tutti gli zii e le zie, i vari genitori... insomma, le vacanze erano un gran casino, non gli rimaneva nemmeno il tempo di prendere fiato.

"Eh sì, che peccato, non abbiamo passato molto tempo insieme, mentre ero dalle tue parti. Qualche volta dovresti venire qui a trovarmi. Vieni a scoprire i colori di questa cultura, potresti arricchire i tuoi tatuaggi."

Austin e sua sorella Maya erano i proprietari della Montgomery Ink, un negozio di tatuaggi a Denver; erano molto bravi. Loro tre spesso viaggiavano in tutto il nord America per trovare nuove ispirazioni, da trasferire nel loro lavoro.

Magari era proprio ciò di cui aveva bisogno, un bel giro, per trovare *quello* che stava cercando.

Qualunque cavolo di cosa fosse *quello*.

"Magari," commentò Austin, così Shep si fece più serio. "Vedremo."

"Ehi, cosa c'è che non va, amico mio?"

"Niente. Si invecchia."

Shep sbuffò. "Non me ne parlare. Abbiamo la stessa età, ricordi? Ma dai, che succede?"

Austin sospirò. "Cazzo. Allora vengo a trovarti. Lascio qua Maya da sola in negozio per qualche giorno. Dio solo sa quanto le piace starsene da sola, con tutto il negozio solo per sé."

Shep sorrise per la descrizione che Austin aveva fatto di Maya. Sapeva benissimo che Austin aveva ragione.

"Sono pronto ad accoglierti. Sai che ti puoi accomodare nella camera degli ospiti. Non siamo più ragazzini, ormai un divano o un sacco a pelo non bastano più."

"Eh, meno male! Grazie tante, caro."

Shep sorrise. "Non c'è di che. Penso siamo a un punto della nostra vita in cui siamo troppo vecchi per capire che cavolo vogliamo, ma sappiamo di doverlo scoprire comunque."

"Forse è così, Shep. Forse hai ragione."

I due si salutarono, poi Shep chiuse la telefonata; si sentiva un po' meglio, sapendo che suo cugino sarebbe venuto presto a trovarlo. Avrebbero chiarito ogni dettaglio più avanti, dato che Austin doveva comunque parlare con Maya, prima di mettersi in viaggio. Non si sarebbero mai permessi di scavalcare quella donna e la sua lingua tagliente.

Shep finì di bere il caffè, poi tornò alla Midnight Ink. Doveva lavorare, anche se non aveva dei clienti su appuntamento (un caso raro, per lui, grazie al cielo), ma si aspettava comunque che arrivassero dei clienti interessati.

Appena entrò in negozio la vide.

Quella fatina graziosa che lo aveva urtato per la strada.

I suoi capelli biondi erano ancora più chiari di quanto pensava, considerando che li aveva visti alla luce del sole. Allora non era stato il sole a renderla così graziosa.

Era bella di suo.

Indossava una gonna a tubino grigio chiaro con una maglietta rosa pastello e una giacca grigia. I tacchi non erano esagerati, ma cavolo, le mettevano in risalto le gambe in modo molto sensuale.

Sembrava quasi una segretaria, o forse una commercialista.

Del tutto fuori posto, in un negozio di tatuaggi, almeno così avrebbero pensato in molti.

Ma alla Midnight Ink non c'erano pregiudizi. Si sapeva bene che tante persone dovevano nascondere i tatuaggi per via del lavoro, quindi se li facevano fare ben sotto i vestiti.

Quella donna, però?

Sembrava completamente fuori dal suo ambiente.

Sembrava persa.

Shep sorrise.

La poteva aiutare senz'altro.

Sassy era in piedi vicino a lei, con un sopracciglio inarcato. "Tesoro, sei sicura di volere questo? Ho notato che qualche minuto fa stavi guardando un altro disegno."

La donna si voltò e si morse un labbro. Vedendola, Shep trattenne un gemito.

Santo cielo. Gli sembrava di essere un ragazzino inebetito con gli ormoni a mille, invece di un uomo ormai non più giovanissimo, pur sempre con gli ormoni a mille.

Sassy lo vide e gli fece un cenno con la mano. "Ecco qua Shep, tesoro. Ci pensa lui al tuo tatuaggio, è libero, e tu hai detto che non ti importa chi te lo fa. Shep, ti presento Shea. È tutta tua." Sassy inarcò di nuovo un sopracciglio, facendo sorridere Shep.

Eh, sì. Aveva proprio voglia di mettere le mani su quella donna, in tutti i sensi.

Il tatuaggio poteva essere solo il primo passo.

La donna si girò verso di lui, Shep dovette trattenere un'imprecazione.

Cacchio.

Nei suoi occhi non c'era solo indecisione, c'era terrore puro, misto a qualcos'altro. Qualcosa che sembrava determinazione.

Quel tipo di determinazione che porta a rimpiangere i propri tatuaggi.

Sassy si allontanò, lasciando Shep e Shea da soli in un angolo, separati da una pila di album.

"Allora, senti, Shep," cominciò a dire Shea, con

una voce dolce e sensuale, proprio lo stesso tono con cui aveva parlato poco prima, per la strada. "Scusami ancora per prima, ti sono venuta addosso senza volere."

"Come ti dicevo, non c'è problema."

"Dunque, immagino che sarai tu a farmi il tatuaggio? Penso di volere questa margheritina. O magari questa farfalla. Mi puoi tatuare questa?"

Shep la guardò, il corpo nascosto dai suoi vestiti fuori luogo, la paura che le attraversava il viso, continuava a spostare il peso da un piede all'altro nervosamente. Così lui alzò la testa per guardarla dritto negli occhi.

"No."

Capitolo due

"No?" ribatté Shea Little con voce acuta.

"No," ripeté Shep, il tatuatore super sexy, che poi incrociò le braccia al petto (che braccia *davvero* sexy, braccia muscolose, tatuate), così lei sbatté le palpebre. Una ciocca di capelli scuri gli cadde davanti agli occhi, dandogli un aspetto ancor più truce, per quanto con un filo di fascino.

Ma che bello, adesso lo faceva sembrare un galantuomo romantico.

Proprio l'uomo che le aveva appena detto di no.

"Ma… perché? Perché no?" Shea non capiva quella risposta. Era entrata alla Midnight Ink dopo due settimane di tira e molla in cui alla fine si era convinta, per poi sentirsi dire di no dal primo tatuatore con cui parlava?

Non ne capiva assolutamente il senso.

Shep inarcò un sopracciglio. "Dimmi perché vuoi farti un tatuaggio." Poi piegò un braccio, facendola allontanare d'istinto da quella vista così stuzzicante.

"Perché?" ripeté Shea con voce stridula, le dava fastidio quella voce, la faceva sembrare una stupida.

Normalmente non aveva problemi a parlare in modo forbito, ma chiaramente, davanti a quell'uomo fin troppo attraente, con i nervi fragili anche solo per il *pensiero* di farsi un tatuaggio, era sopraffatta dall'emozione.

"Perché sì. Perché vuoi farti un tatuaggio? Sei agitata come un pesce fuor d'acqua, tesoro. Non che sia un problema, di solito, ma qui, adesso? Dovrai dirmi perché vuoi un tatuaggio. Ti è venuta improvvisamente voglia di tirar fuori il tuo carattere da ragazza tosta? Forse hai degli altri tatuaggi sotto quei vestitini eleganti e formali? Io non credo proprio, dato che sembri spaventata a morte solo per il fatto di essere in questo negozio."

"Non sono spaventata," gli disse, mentendo.

Eh, invece era davvero spaventata.

Però quel... quell'*uomo* poteva anche non essere così scontroso da farglielo notare. Aveva già passato tutta la mattina a camminare avanti e indietro nel suo appartamento, cercando di trovare il coraggio di entrare in quel negozio. Ora quel tipo voleva sapere il motivo per cui voleva farsi un tatuaggio, quando nemmeno lei lo sapeva.

E poi era piuttosto certa di essere appena stata offesa per come era vestita, per gli abiti che indossava.

Certo, Shea sapeva bene che i vestiti che indossava lei normalmente non erano quelli dei clienti di un negozio di quel tipo, ma lui non doveva per forza puntualizzare.

Santo cielo, che stress, non era nemmeno riuscita a esprimersi con frasi compiute, parlava in modo irrazionale.

Shea distolse lo sguardo da quell'omone muscoloso e dai tatuaggi che gli coprivano le braccia, cercando di sbirciare oltre, guardando in giro per il negozio. Ormai era sicura che tutti li stessero guardando. Alcuni sembravano interessati, altri annoiati, altri ancora seguivano addirittura a bocca aperta la diatriba tra lei e Shep.

Cioè, era *lui* che discuteva.

Lei non si era ancora difesa, anche se sapeva di doverlo fare, in un modo o nell'altro. Era ora che lo facesse. Dopo tutto, il motivo che l'aveva spinta a farsi tatuare era proprio per dimostrare a se stessa di poter essere più decisa.

Ecco.

Era quello il motivo.

Ecco cosa doveva dire a questo Shep dagli occhi blu, occhi da sogno, anche se non si meritava alcuna spiegazione, dato che si comportava da scemo.

"Shea?" la chiamò Shep; lei si bloccò sentendo il suono del proprio nome pronunciato dalle labbra di quell'uomo.

Eh sì, le piaceva proprio tanto.

Forse un po' troppo, dato che non lo conosceva per nulla; anzi, da quanto vedeva, non era nemmeno sicura di *volerlo* conoscere. Di sicuro era un bastardo egoista, non era certo una persona che lei *doveva* conoscere.

Doveva solo chiedere alla segretaria con quella bella ciocca di capelli rosa. Sassy. Sì, si chiamava così. Sassy sembrava in grado di aiutarla.

"Cosa?" sbottò Shea, finalmente minacciando di scatenare la rabbia che teneva nascosta, sotto la superficie.

Gli occhi di Shep furono percorsi da una specie di lampo, Shea lo vide sorridere.

Diamine, che figo che era, con quello sguardo.

Gli veniva persino una fossetta.

Ottimo.

"Perché vuoi farti un tatuaggio, Shea?" le chiese ancora, a bassa voce.

Quel tono di voce le entrò dentro, la conquistò in modo completamente nuovo. Però sembrava davvero interessato, non sembrava chiedere solo per fare il duro.

Almeno così le faceva sperare quel tono di voce.

Con la fortuna che aveva sempre, Shea si aspettava di sbagliarsi di grosso, probabilmente quel tipo era solo uno stronzo qualunque.

"Perché vuoi saperlo?" gli chiese, quasi non riuscendo a terminare la frase. Shea stava perdendo le staffe e se ne rendeva conto. Avrebbe fatto meglio a non andare in quel negozio. Strinse la borsetta più vicina e sollevò il mento. Poteva semplicemente andarsene.

Non si sarebbe data un'altra opportunità. Era stata una scema anche solo a pensare di poter prendere una decisione così radicale.

Sua mamma e il suo ex avevano ragione. Era una persona fredda e rigida.

Del tutto incompatibile con un uomo come Shep.

Shea deglutì a fatica.

Per Dio, perché mai stava anche solo pensando a quell'uomo? Era in quel negozio per un *tatuaggio* e non la stavano accontentando. Shep non c'entrava nulla.

Proprio nulla.

"Scusa se ti ho disturbato, ti ho fatto perdere tempo." Shea strinse a sé la borsetta e si incamminò velocemente verso la porta, con i tacchi che martellavano sul pavimento di legno. Dovette farsi forza per trattenere le lacrime e riuscire a non tremare.

Sapeva di avere la faccia rossa, ma non le importava.

Era stata un'idea stupida, proprio stupida.

Una mano grande e calda la prese per il gomito appena raggiunse il marciapiede, Shea cercò di divincolarsi.

"Aspetta Shea, non andartene."

"Toglimi le mani di dosso," disse lei a denti stretti. "Non toccarmi."

Ti prego, non toccarmi.

Lui non la lasciò andare, la fece girare per poterla guardare in faccia. Shea aveva gocce di sudore che le scorrevano lungo la schiena, coperta dalla seta della maglietta; inclinò la testa per poter guardare quella faccia barbuta; il calore afoso di New Orleans li circondava.

Shea sentiva il rumore dei turisti e degli abitanti del posto che andavano in giro freneticamente, per lavoro o per divertimento. Sentiva bambini che ridevano, coppiette che chiacchieravano, un uomo che mormorava, un altro che urlava al telefono. Ma tutto quello passò in secondo piano, un rumore indistinto, rispetto a quei begli occhioni blu, circondati da ciglia scure, con gli zigomi pronunciati e con quella barba incolta di qualche giorno.

Shep finalmente la lasciò andare, ma ormai era talmente vicino che lei non poteva muoversi e scappar via come avrebbe voluto. Dannazione. Odiava non avere il controllo della situazione, non avere tutte le risposte, non avere ogni cosa al proprio posto. Sì, anche quei tratti del suo carattere non si addicevano molto alla situazione in cui si era messa, un altro motivo per irritarsi infinitamente.

Avrebbe fatto meglio a non andare in quel negozio.

"Scusa, non volevo farti male, prendendoti così," le disse Shep, con voce preoccupata. "Volevo solo evitare che te ne scappassi via perché mi sono comportato come uno scemo."

Sembrava quasi che si stesse scusando, eppure lei non sapeva ancora bene cosa pensare.

"Ti ho già detto che mi dispiace averti fatto

perdere del tempo. Grazie per essere uscito, anche se lo hai fatto solo per sentirti meglio, ma adesso credo che dovrei andare. È ovvio che sono nel posto sbagliato." Santo cielo, anche quando cercava di fare la stronza, faceva sempre in modo di far star meglio gli altri. Che cavolo, il suo carattere accomodante, le sue radici di donna del profondo sud… non c'era niente da fare.

"Non troverai un posto migliore per un tatuaggio, Shea."

Lei alzò il mento. "Può anche darsi, ma ormai non mi serve più, un *tatuaggio*. Ho fatto un errore. Ci vediamo, Shep."

Shea si girò, ma lui le prese di nuovo il gomito. "Santo cielo, Shea, hai tirato su una barriera di ghiaccio un po' troppo alla svelta; diamine, ho visto che avevi paura, te l'ho letto negli occhi nel momento stesso in cui mi sono avvicinato. Me ne sono accorto anche quando ci siamo scontrati per strada, prima ancora di sapere che venivi alla Midnight per un tatuaggio. Dimmi cosa ti passa per la mente."

Le si avvicinò, le sistemò una ciocca di capelli dietro l'orecchio, facendola irrigidire. Fu un gesto molto personale, quasi intimo, non sapeva come reagire. Non conosceva nemmeno quell'uomo, eppure la stava toccando; le fece venir voglia di saperne di più sui suoi tatuaggi.

Chiaramente non era se stessa, c'era qualcosa che non andava.

"Io… ma… insomma, perché ti comporti così?"

"Come mi comporto?" le chiese, con voce profonda.

Cavolo, che voce sensuale. Aveva un suono profondo, di petto, che le fece accapponare la pelle, costringendola a controllarsi per non tremare. Lei pensava di poter sentire quella voce solo dagli attori del cinema, o in TV.

"Perché mi tocchi? Ti ho detto di non toccarmi." Shea aveva alzato un po' la voce, alla fine, lasciando trapelare la paura di qualcosa… di nuovo.

"Sono un artista, Shea, non so leggere la mente."

Lei sbatté le palpebre. "Come dici?"

"Sono un artista. Quello che faccio mi piace troppo." Si fermò e scosse la testa, con un'aria un po' dubbiosa che la confuse. "Beh, mi è sempre piaciuto il mio lavoro. Anche se ultimamente sono un po' giù, un po' sgonfio, diciamo che devo ritrovare l'ispirazione, la mia musa, per così dire."

Shea sbuffò. "Ma davvero? Questo gancio ha mai funzionato con qualcuna? No, lascia stare, non voglio nemmeno sentire la risposta. Ti ho già detto che mi dispiace averti fatto perdere tempo, ora ne stai facendo perdere a me. Lasciami stare, me ne vado per la mia strada. Presto non ti ricorderai nemmeno di me, puoi usare la battuta sulla musa con qualche ragazzina ingenua."

Shep lasciò andare la testa all'indietro e si mise a ridere. A lei piacque molto il modo in cui lui muoveva la gola mentre rideva, era davvero molto strano.

Eh già, c'era proprio qualcosa che non andava, in lei.

"Tesoro, sono troppo vecchio per cercarmi delle ragazzine ingenue, non era un gancio, la frase sulla musa. Sono di cattivo umore e non c'entra niente il sesso, come non c'entra il tuo tatuaggio. Tra parentesi, voglio farti il tatuaggio. Quando ti ho vista in strada, stamattina presto, mi sono incuriosito. Non mi succede spesso. Almeno non più. Quindi sì, mi interessa sapere che tatuaggio vuoi e perché. Voglio conoscerti."

Shea ci rimase di stucco. Voleva conoscerla? Cosa intendeva dire, esattamente? Le voleva fare un tatuaggio? Quel Shep le faceva girare la testa un po' troppo, in tutti i sensi.

"Dovrai fare un passo alla volta, per favore,

Shep," riuscì infine a dirgli, dopo un profondo respiro per riordinare i propri pensieri. "Un momento prima, ti comporti da uomo delle caverne, mi dici che non posso farmi il tatuaggio e che sembro un pesce fuor d'acqua. Poi vuoi farmi credere che non ci stai provando con me, ma che ti interesso e che mi vuoi fare un *tatuaggio*, a quanto dici."

Shep sorrise, una chiazza chiara tra barba e baffi. "Proprio così."

"Non c'è niente da ridere, me ne vado e basta." Era stufa. Si sentiva una scema anche solo per aver pensato di andare alla Midnight. Anche se non era stata una decisione impulsiva (proprio per nulla), eppure le sembrava ancora di essere uscita dal suo ambiente naturale. Non era una sensazione piacevole, lasciar perdere a quel punto sembrava la soluzione migliore.

"Non andar via, Shea."

Il suono del proprio nome pronunciato da quelle labbra le piaceva talmente tanto da darle persino fastidio.

"Perché dovrei rimanere?"

"Perché se sei venuta c'è un motivo. Anche se non so quale sia, visto che non hai ancora risposto alla mia prima domanda. Dovresti rimanere anche perché, nonostante gli abiti che indossi, nonostante la cortina di ferro dietro cui ti proteggi, la paura nei tuoi occhi, hai comunque avuto gli attributi per attraversare quella porta. Ora, non fraintendermi, non siamo poi così terribili. Sì, magari Caliph fa un po' paura, ma per il resto siamo delle brave persone. Non ti faremmo mai del male, non siamo quei pazzoidi deviati che potresti credere, magari per qualche film che hai visto, o altre cavolate che avrai sentito dire in giro."

Shea non sapeva minimamente chi fosse Caliph, ma sapeva che gli altri in quel negozio non erano poi così terribili. Lei non era abituata a giudicare gli altri in base all'aspetto, come facevano in tanti, che lo facevano anche con lei.

"Devo andare," sussurrò Shea, che ora era spaventata per un motivo completamente diverso.

"Dimmi perché vuoi un tatuaggio."

Lei sbuffò e lo guardò negli occhi. "Voglio un tatuaggio perché… perché non è da me. Almeno questo pensano tutti. Sono stanca, Shep. Sono proprio stanca di essere… così." Indicò se stessa e sospirò.

Lui le prese il viso tra le mani, facendola ansimare: non era pronta a quel tocco caldo. "Era questo che volevo sentire, Shea. Ora, mi dici che cosa vuoi?"

Te.

Shea sbatté le palpebre. Insomma, quel pensiero diretto era proprio una follia. Non lo conosceva nemmeno.

"Non lo so," gli rispose onestamente. "Voglio qualcosa che mi rappresenti. Solo che non so chi o cosa sia."

Shep si allontanò di poco, facendole sentire la perdita di quel tocco fino al midollo. "Allora va bene, ti aiuterò. Qualunque cosa tu voglia, dovrebbe essere qualcosa di adatto a te, un disegno per cui valga la pena fare qualcosa di diverso." Poi Shep sorrise. "E poi, per scoprire il tatuaggio ideale per te, dovrò conoscerti meglio. Un vantaggio in più per me."

Voleva conoscerla meglio? Proprio lei? La principessa di ghiaccio con dei vestiti anonimi, a cui sarebbe piaciuto confondersi con le pareti di ogni stanza, se solo avesse potuto?

"Conosci sempre così da vicino le tue clienti?" gli chiese, attraversata da una strana vena di gelosia. Non voleva diventare solo una delle tante donne che lui *conosceva meglio* prima di farle un tatuaggio, per poi dimenticarsene.

Ecco, insomma, stava proprio diventando pazza.

Lui le accarezzò la guancia con la punta delle dita, lei trattenne a malapena un brivido. "Non mi sono mai interessato tanto così, prima d'ora," le rispose dolcemente. "Lascio un segno permanente sulla pelle dei miei clienti. È sempre molto personale. Anche se non conosco sempre tutto di tutti, non arrivo sempre a conoscere le motivazioni profonde. Però conosco il significato del tatuaggio che faccio, almeno una parte. Non posso limitarmi a sedermi e a guardarti, mentre prendi una decisione che potresti rimpiangere."

"Non mi conosci abbastanza bene, come fai a sapere che la rimpiangerei?" Nessuno la conosceva così bene.

"Ma io voglio conoscerti abbastanza bene da saperlo."

Era venuta alla Midnight Ink per un motivo, ora Shep era deciso ad aiutarla. Anche se lei credeva di essere pazza e credeva che tutti la vedessero allo stesso modo, la risposta possibile era una sola.

"Sì. Va bene. Affare fatto."

Shep sorrise e le si avvicinò. Shea alzò il mento quasi d'istinto, ma lui non la baciò. A lei sembrò strano che lui non ci provasse nemmeno, ma non gli disse nulla. Lui le accarezzò di nuovo la guancia e sorrise dolcemente.

Poi si mise una mano nella tasca posteriore dei pantaloni ed estrasse un biglietto da visita. "Ecco qua, prendi, qui c'è il mio numero, se vuoi puoi darmi il tuo."

Lei annuì e tirò fuori dalla borsetta un bigliettino. Lui lo lesse e sorrise. "Commercialista. Lo sapevo."

Perfetto. Anche lui la vedeva come una *noiosa*.

"Allora, a me piace fare le cose per bene. Ti chiamo tra un po', così possiamo parlare e decidere cosa fare, come posso aiutarti meglio per trovare il tatuaggio ideale per te."

"Va bene," sussurrò lei; non si sentiva affatto la donna fredda che era di solito. Shep sembrava averla scaldata dentro, anche se ora lei non sapeva bene come reagire.

Dopo un'ultima occhiata, Shep tornò dentro la Midnight, lasciandola confusa sul marciapiede. Shea scosse la testa, poi si avviò verso la sua macchina per tornare a casa, tenendo ben stretto in mano il bigliettino di Shep. Di solito non si prendeva dei permessi dal lavoro, ma quel giorno aveva fatto un'eccezione per farsi il tatuaggio, mentre ora la giornata era rovinata, persa.

Non sapeva cosa fare.

Così entrò in casa e si guardò intorno. Casa perfetta, arredamento perfetto, era tutto... perfetto. Ma nulla rappresentava veramente chi era lei.

No, tutto le ricordava sua madre, ciò che sua madre voleva per lei, quando aveva comprato quella casa. Shea aveva smesso da moltissimo tempo di contrastare sua madre, che decideva sempre al suo posto.

Beh, a parte l'aver lasciato il suo ex fidanzato, Richard. Sua madre le aveva urlato dietro, minacciandola di diseredarla, dicendole che aveva fatto l'errore peggiore della sua vita.

Shea non sarebbe mai stata all'altezza dei sogni di sua madre.

Si tolse le scarpe e si avviò verso il divano, gettandosi sui cuscini. Tutto ciò che la circondava era molto freddo, distante, ma almeno i cuscini sul divano erano morbidi, quanto bastava per potersi mettere comoda.

Il biglietto che teneva ancora in mano attirò la sua attenzione, così lo lesse. Ma che cavolo stava facendo? Era andata alla Midnight Ink perché per Capodanno si era ripromessa di fare qualcosa per se stessa, qualcosa di fuori dall'ordinario, di insolito per lei, tanto da riuscire a scoprire chi era veramente.

I tatuaggi le erano sempre piaciuti. Le piaceva molto guardare chi li aveva. Trovava le decorazioni, i colori scuri e le sfumature molto seducenti. Però aveva sempre avuto troppa paura per decidersi, in passato. Ora però aveva deciso, ne voleva uno.

Solo che non aveva idea del disegno da scegliere. Shep però l'avrebbe aiutata.

Shep.

Le tornò in mente, con quei capelli scuri e gli occhi chiari, non capiva nemmeno lei il perché. L'avrebbe aiutata a trovare se stessa. Insomma, detta così sembrava un po' esagerata, eppure era vero.

Poteva andare tutto in fumo, facendo la scelta sbagliata, ma non le importava.

A quel punto pensò: "O la va, o la spacca".

Le squillò il cellulare, Shea si fece seria. Santo cielo, sperò che non fossero né Richard né sua madre. Quei due non la smettevano mai di tormentarla, per farle sapere cosa pensavano, per dirle che si stava rovinando la vita da sola.

Non riconobbe il numero sul display del cellulare, così rispose nel modo più neutro possibile.

"Sì?"

"Shea? Sono Shep."

Shea sentì il cuore che le batteva fino dietro le orecchie e deglutì a fatica.

"Sì, sono Shea."

"Sono contento che non mi hai dato un bigliettino col numero sbagliato. Per questo ti ho chiesto un biglietto da visita, invece di digitare il numero direttamente nel telefono. Era più difficile darmi il numero sbagliato, così sui due piedi."

"Oh. Capisco."

Perfetto. Era meglio cominciare a parlare usando frasi complete, altrimenti gli avrebbe dato l'impressione di essere una scema patentata.

"Che ne dici se ti porto in città una di queste sere, magari domani quando finisco di lavorare?"

"Perché? Per cosa?"

Lui si mise a ridere profondamente, quel suono le arrivò direttamente alle gambe, facendole tremare. Per carità, anche il modo in cui rideva era eccitante.

"Ti ho detto che voglio conoscerti per aiutarti. Porco cane, voglio solo *conoscerti*. Pensavo di mangiare qualcosa al volo per cena, per poi passare il resto della serata a chiacchierare su ciò che ti piace. Che ne dici?"

Voleva invitarla fuori senza un programma preciso da controllare e ricontrollare? Non era sicura al cento per cento, non era normale, per lei. Ma lei non voleva *più* che fosse tutto normale.

"Va bene, mi sembra una buona idea."

"Ottimo. Allora ci vediamo domani sera alle sette davanti al negozio. Così sarai più a tuo agio, se vengo a prenderti a casa tua magari ti spaventi."

Lei si rilassò e sorrise, un sorriso che lui non poteva vedere. Come faceva Shep a immaginare che lei si sarebbe preoccupata di non fargli sapere dove viveva? Le piacque quell'attenzione.

"Va bene."

"Allora siamo d'accordo. Ci vediamo domani, Shea."

"A domani, Shep."

Lui chiuse la conversazione, mentre lei rimase a fissare il telefonino, non capendo bene cos'era appena successo. In vita sua, aveva passato troppo tempo ai margini, così ebbe l'impressione che quell'uomo, con le sue idee, la poteva aiutare.

Quegli occhi blu così ipnotici, quella voce roca, quei tatuaggi così seducenti, forse era proprio ciò di cui aveva bisogno per stravolgere la propria esistenza una volta per tutte.

Capitolo tre

SHEP CAMBIÒ AGHI, AVEVA FINITO I CONTORNI generali ed era pronto a cominciare le sfumature.

Niente male.

Anzi, era proprio bello. Dannatamente bello, anche se lui sapeva che era un lavoro in divenire e non era mai contento finché il progetto non era finito. Ogni linea di contorno, ogni sfumatura, ogni colore aggiungeva qualcosa al quadro generale. Shep sapeva ciò che voleva e come arrivare al risultato che il cliente desiderava. Alla fine, dopo gli ultimi ritocchi, il tatuaggio avrebbe avuto un impatto fantastico. Ora però era solo un quadretto a metà.

"Com'è?" gli chiese l'uomo sulla poltroncina, facendo attenzione a non girarsi.

Shep era impegnato a tatuare una fenice da sballo sulla schiena di quel cliente, con le ali che lo avvolgevano sui fianchi. Aveva terminato i contorni nella sessione precedente, mentre quel giorno stava facendo dei ritocchi per perfezionare ogni tratto. Poi avrebbe cominciato le prime sfumature, prima di aggiungere il colore. Di solito aspettava, prima di cominciare le sfumature, ma in quel caso voleva assicurarsi che il risultato non fosse troppo scuro; l'arancione vivo e le varie tonalità di rosso dovevano spiccare parecchio, nel risultato finale.

"Sarà uno sballo da far paura," rispose Shep, riprendendo il lavoro. Il ronzio dell'ago lo faceva sempre vibrare. Le sfumature erano il suo passaggio preferito, perché l'ago vibrava più lentamente; a tanti piaceva un sacco quella sensazione di pelle.

A giudicare dai gemiti di questo cliente, Shep non si sbagliava nemmeno in quel caso.

Shep proseguì il lavoro per un altro paio d'ore, sempre concentrato sulle proprie mani e sul tatuaggio che stava creando. Lui non era il tipo da distrarsi e sognare a occhi aperti mentre lavorava, il suo lavoro non glielo permetteva. Un movimento sbagliato poteva rovinare la pelle di qualcuno.

Un disastro.

Per quanto si sforzasse di rimanere concentrato,

però, i suoi pensieri tornavano alla donna con gli occhi azzurro chiaro, molto chiaro... come due cristalli riflessi nell'acqua in una giornata di sole... e con quel visino così carino.

Shea.

Cavolo, gli piaceva quella donna, liscia come la seta, ma dura come il ghiaccio, eppure ci aveva scambiato solo qualche parola, sfiorandola appena.

Evidentemente gli stava succedendo qualcosa. Non si era mai sentito così attratto da una donna.

Shep arretrò e scosse la testa, ripulendo dal plasma e dal sangue la zona su cui stava lavorando. Doveva proprio togliersi dalla testa Shea e il loro appuntamento di quella sera. Anche se lei non lo chiamava così, per lui era un appuntamento. La desiderava, non c'era bisogno di mentire a se stesso. Ormai era troppo vecchio per fingere.

Si sciolse le spalle muovendole un poco, poi si rimise all'opera. La fenice sarebbe stata uno sballo, lo sapeva fin dai primi schizzi, oltre un mese prima, ma solo in quel momento capì il grande capolavoro che avrebbe realizzato.

Il suo corpo era percorso da una scintilla nuova, un rinnovato entusiasmo per ciò che stava facendo, una sensazione che non provava da fin troppo tempo.

Doveva essere Shea, era l'unica novità nella sua vita, anche se non aveva ancora assunto un ruolo particolare.

Almeno non ancora.

Ma a questo si poteva porre rimedio.

Shep sorrise e cominciò a dare un po' di colore a un'ala della fenice, curando ogni movimento dell'ago.

Dopo un'altra ora e mezza si fermò e si tirò indietro, aveva la fronte rigata di sudore e la schiena dolorante. Troppe ore con la schiena piegata, quello era il risultato.

Sbuffò, pensando a cosa gli avrebbero risposto Caliph o Austin, se si fosse lamentato a voce alta.

Sì, meglio non condividere quei pensieri con loro.

Shep ripulì la schiena del cliente e la cosparse di olio. "Va bene, per oggi abbiamo finito. Penso che ce la caveremo con un altro appuntamento."

Il tipo si alzò e sorrise. "Sei davvero un mago a tatuare, Shep. Non mi fa male per nulla."

Shep sorrise. "Anche se ti facesse male, ti piacerebbe."

Il tipo lasciò cadere la testa all'indietro e sorrise. "Vero. Allora quando posso tornare per l'ultima seduta?"

Shep lesse tutte le indicazioni per la cura del tatuaggio. Anche se quello era un cliente regolare, era sempre meglio ripassarle. L'ultima cosa che Shep voleva era una reazione epidermica tale da rovinare la sua opera d'arte. L'ultimo appuntamento fu fissato, tre settimane dopo, quando erano entrambi liberi, poi Shep tornò alla sua postazione per ripulirla.

Quel tatuaggio l'aveva davvero catturato, la seduta era durata un'ora in più di quanto si aspettasse. Ormai mancava già un quarto alle sette. Non aveva più tempo di tornare a casa e di farsi una doccia.

Merda.

Non voleva presentarsi all'appuntamento e fare la parte dell'orso sudato, ma ormai non c'era alternativa. Shea si sarebbe dovuta accontentare, in fondo era solo Shep, doveva bastarle.

Shep andò nel bagno del personale e si tolse la camicia, per indossarne una nuova. Avrebbe comunque tenuto i suoi jeans sgualciti e i suoi stivaletti, ma almeno aveva qualcosa di nero ed elegante. La stagione stava cambiando e non c'era molto freddo, di sera, quindi lasciò perdere la giacca di pelle. Si passò la mano nei capelli e decise di chiudere così.

Non aveva certo l'aspetto di un modello di *GQ*, tra i tatuaggi, i piercing ai capezzoli (e altri), ma a lui piaceva così. A giudicare da come Shea lo aveva squadrato più volte il giorno prima, anche a lei doveva piacere così. A lui, lei piaceva di sicuro un sacco.

"Sei carino," gli disse Sassy, che arrivò nel retro per prendere la borsetta. "Però era meglio se ti facevi una doccia, prima di un appuntamento così importante con la principessa di ghiaccio."

Shep la guardò male. "Non chiamarla così. E poi, come cavolo fai a sapere che stasera esco con lei?"

"Sassy sa sempre tutto."

Shep alzò gli occhi al cielo. "Ieri mi stavi spiando dietro l'angolo, quando le ho telefonato, non è vero?"

Lei inarcò un sopracciglio. "Non colgo la tua allusione, Sassy non è una spiona."

"La smetti di parlare di te stessa in terza persona? Mi fai impressione."

Lei scosse la testa e rise. "Almeno spruzzati un po' di colonia, ma non usare quei deodoranti commerciali schifosi da universitario squattrinato."

"Non ce l'ho nemmeno quella robaccia, Sass."

"Allora vedrai che andrà tutto bene. Buona

fortuna con la tua bella tipa di stasera, zuccherino. Ne avrai bisogno."

"Ma che cazzo vuoi dire? Intendi che non sono alla sua altezza?"

Lei alzò i palmi delle mani. "No, non è affatto ciò che sto dicendo. Intendo dire che quella tipa aveva uno scudo così spesso che quasi non ci si vedeva attraverso, e lo sai che ci azzecco sempre quando si tratta di leggere le persone. Dovrai riuscire a spezzare la cortina di ghiaccio, se vuoi conoscerla veramente. Ma poi che cazzo ti salta in mente di pensare che non sei alla sua altezza? A te non è mai mancata l'autostima, Shep. Che ti succede?"

Shep scosse la testa. "Lascia stare. Sono solo un po' teso."

Sassy sorrise e giocherellò con le dita nella lunga ciocca di capelli rosa. "Capisco. Allora è una speciale. Buono a sapersi."

Shep strinse gli occhi. "Fatti i cazzi tuoi, Sassy."

"Non preoccuparti, zuccherino. Di sicuro andrà tutto bene." Con quelle parole, se ne uscì dal retro ancheggiando per bene.

Santo cielo, anche lei era un bel personaggio, a volte.

Shea sarebbe arrivata entro pochi minuti, non

voleva farla aspettare. Si ricordava quanto era impaurita, la prima volta che l'aveva vista, non voleva lasciare tutto al caso, col rischio che magari non rimanesse ad aspettarlo.

Il cellulare gli vibrò su una gamba, Shep imprecò, sperando che non fosse Shea che voleva annullare l'incontro.

Senza nemmeno guardare lo schermo, rispose. "Sarà meglio che tu sia fuori ad aspettarmi e che non mi chiami per annullare, piccola."

"Adesso devi minacciare quelle con cui esci? Ma quanto è caduta in basso New Orleans, se un Montgomery perde il suo fascino conquistatore?"

Shep imprecò alle parole di Austin. "Porco cane, pensavo che fossi un'altra persona."

"Mi sembra ovvio. Cosa c'è che non va? Hai dei problemi nelle parti basse?"

"Non ho intenzione di parlare con te di sesso, Austin, solo perché tu non lo fai. Adesso non ho proprio tempo di parlare."

"Oh, che parole crudeli, per uno che pensa di essere scaricato dalla tipa con cui deve uscire."

"Stai zitto, devo andare, probabilmente Shea è qua fuori che mi aspetta, mentre io sono qui a parlare con te."

"Si chiama Shea? Bel nome."

"Austin," brontolò Shep.

"Ehi, non scattare così con me. Vai pure al tuo appuntamento, sempre che lei si presenti. Spero proprio che arrivi, perché non sono dell'umore giusto per avere a che fare coi tuoi sbalzi d'umore, nel caso ti dia buca. Ti chiamavo per dirti che ho prenotato un volo per venirti a trovare tra tre giorni. Sta bene?"

Shep sospirò. Sapeva che Austin doveva venire a trovarlo, doveva schiarirsi le idee su qualcosa; qualunque cosa fosse, Shep voleva aiutarlo. Anche se a volte si irritavano a vicenda, erano pur sempre la stessa famiglia.

"Certo, amico, sta bene."

"Ottimo. Oh, Shep? Per quel che vale, spero che si presenti. Solo a sentire il modo in cui dicevi il suo nome, mi vien da pensare che sia importante."

Poi riattaccò, lasciando Shep impalato che fissava il suo cellulare. Aveva un cartello al collo con scritto che Shea era diversa? Non l'aveva ancora capito bene lui stesso, e già sembrava che lo sapessero tutti.

Sperava solo di non spaventarla.

Shep si avviò fuori dalla porta d'ingresso e si fermò sul posto.

Porca puttana.

Shea era ancora più bella di come la ricordasse, anche se si ricordava ogni dettaglio di lei, dal giorno prima.

Indossava un vestito bianco, un modello che le arrivava sulle spalle, pur lasciando scoperta buona parte del corpo; con quel vestito era quasi ipnotizzante. Indossava sul vestito un maglioncino cardigan rosa chiaro, che le copriva gran parte delle braccia, poi una collana di perle.

Delle cazzo di *perle*.

Non enormi, ma capperi, era proprio elegante.

Il vestito era stretto in vita e sui fianchi, mentre si apriva un poco all'altezza del ginocchio. Le sue gambe erano davvero intriganti, calzava delle scarpette chiuse di color rosa, con dei tacchi a spillo piuttosto alti.

Si era raccolta i capelli in uno chignon basso dietro la testa, le si vedeva tutto il contorno del viso. Non era certo pelle e ossa, ma aveva gli zigomi pronunciati, tanto che i suoi occhi già ipnotici spiccavano ancor di più.

In quel preciso momento, però, quegli occhi erano pieni di paura… e di emozione.

L'emozione era un buon segno.

La paura, invece, andava eliminata.

Shea lo fissò, con un sorrisino tirato in viso;

Shep respirò a fondo, costringendosi a stare a una certa distanza, per non saltarle addosso come un giovincello eccitato lì sul posto, davanti a tutti.

"Shea, allora sei venuta."

Lei sbatté le palpebre, spostando lo sguardo dal petto al viso di Shep.

Ottimo.

"Ti ho detto che sarei venuta. Non mi tiro mai indietro, quando mi impegno." Poi arrossì. "A meno che non mi senta messa in un angolo, indesiderata. Allora me ne vado. Cioè…"

Lui fece due passi verso di lei e le prese il viso con una mano. "Respira, Shea. So di averti spaventata, ieri. Andiamo a divertirci, ti va? Lasciamoci andare."

Lei sbuffò. "Non sono molto il tipo che si lascia andare facilmente."

Oh, lui l'aveva capito, ma in fin dei conti si era presentata alla Midnight Ink, quindi doveva essere più che pronta a lasciarsi andare. Anche se indossava gli abiti di una principessa di ghiaccio, lui aveva il presentimento che in realtà, sotto sotto, fosse uno spirito bollente.

Si era ripromesso di scoprirlo.

Non solo per lo spirito.

Eh, no.

Voleva di più.

"Vedrai che stasera ti divertirai, te lo prometto." Poi Shep si mosse, avvicinandosi e mettendole un braccio intorno alle spalle. Lei per un momento si irrigidì, poi si rilassò un pochino, appoggiandosi a lui.

Un passo avanti.

"Non so proprio perché sono qua, questa sera, ma al diavolo, ci sono." Poi lo guardò a occhi spalancati. "Allora, esattamente cosa faremo questa sera?"

Lui sorrise e si abbassò per darle un bacino sul naso, non riuscendo proprio a trattenersi. Lei scattò un poco all'indietro, sentendosi avvampare le guance, ma non fece nulla per fermarlo.

"Andiamo in Frenchman Street."

"Per strada? Non andiamo in un posto in particolare?"

"Ci sei mai stata prima?"

Lei annuì. "Un paio di volte. È molto... colorita."

"Che diplomatica, piccola. Non è tra le principali destinazioni dei turisti, non ci sono i posti più famosi per andare a mangiare, ma nei bar c'è una musica fantastica e anche per la strada. Sta per tornare la stagione in cui tutti si affollano per strada a godersi la vita. Ci confondiamo con gli altri e così vediamo se ti piace." Poi Shep guardò com'era vestita elegante. "Beh, cercheremo di confonderci. Tu sembri una turista, ma ci penso io, a te."

Shea si fermò, con la faccia rossa. "Oh cavolo, mi dispiace. Non sapevo dove saremmo andati, quindi mi sono messa questo vestito. Posso andare a casa a cambiarmi. Shep, diamine, non so cosa mi prende."

Lui la fece girare tra le braccia e avventò le labbra su quelle di lei. Shea inspirò di scatto, aprendo appena le labbra. Lui sfiorò con la lingua quella di lei e si sentì perso, inalò il suo profumo, la assaggiò, la assaporò.

Poi Shep si tirò indietro, senza fiato. "Calma, piccola, va tutto bene. Vestiti come ti pare, nessuno dice nulla. Però non ti nascondere, capito?"

"Ma… mi hai baciata?"

"Ci puoi giurare, ed è stato perfetto."

Shea si toccò le labbra gonfie con la punta delle dita, sentiva quasi la vista annebbiata. "Santo…" Sbatté le palpebre. "La prossima volta fammi capire dove andiamo, così mi vestirò meglio, va bene? Odio essere al centro dell'attenzione. Mi sono messa solo qualcosa di carino per la serata, non ci ho pensato."

Shep annuì, gli piaceva molto sentir parlare di una prossima volta, perché sì, ci sarebbe stata una prossima volta. "Ti sta molto bene e anche di più, Shea. Però la prossima volta ti dico dove andiamo, anche se sarai sempre al centro della mia attenzione, piccola. Capito?"

Lei inclinò la testa. "Non ne sarei così sicura." Poi alzò le braccia. "Non mi dare spiegazioni. Sta andando tutto un po' troppo alla svelta per me, lasciamo perdere. La prossima volta mi metto qualcosa di diverso, così staremo a posto."

Lui sorrise e annuì. "Ce la farai con quei cazzo di tacchi alti?"

Lei si guardò i piedi, poi tornò a guardarlo negli occhi, con gli occhi spalancati. "Cazzo di tacchi alti?" sbottò. "Prima di tutto questi non sono tacchi a spillo e poi avrei potuto indossarne anche di più alti, un paio di centimetri di sicuro. No no, Shep, questi non sono affatto dei cazzo di tacchi alti."

Shep dovette deglutire a fatica, immaginandosela coi tacchi alti.

Solo coi tacchi alti.

Santo cielo.

"Allora va bene, piccola. Ora che me l'hai detto, però, fammi sapere se ti fanno male i piedi. Mi prenderò io cura di te."

Lei sorrise, facendogli vibrare il cuore. Cavolo, se era preso.

"Starò bene, Shep. Mi piace portare i tacchi alti, ma grazie per il pensiero."

Così arrivarono a Frenchman Street, senza parlare troppo nel tragitto. Lui voleva certamente conoscerla, ma in quel momento gli piaceva quel dolce silenzio. Aveva l'impressione di conoscerla da molto tempo, non solo da un paio d'ore.

Eh sì, Shep era proprio nei guai.

"Cosa ti va di mangiare?" le chiese.

"Pensavo che avessi già programmato tutto," gli disse per provocarlo, ma lui sorrise. Almeno quello scudo di ghiaccio si stava abbassando, e questo lo rasserenava.

"Dovresti sapere che, al di là dei tatuaggi e di questa serata, nella vita seguo dei programmi molto vaghi."

Shea smise immediatamente di camminare, Shep con lei.

"Che c'è?"

"Shep, io ho bisogno di programmare. Mi piace programmare. Mi piace organizzare la mia agenda, uso perfino dei codici colorati, mi sento più felice. Quando tutto è organizzato bene, il mondo è un posto migliore. Dovresti saperlo."

"Non è che sei un po' ossessiva, magari?"

"Quando si tratta di programmare, mi sento più assertiva." Vedendo lo sguardo interrogativo di Shep, Shea sorrise. "Sì, sono due parole molto simili, forse anche i comportamenti non sono poi così diversi, ma mi sembra più giusto così." Poi accennò un sorriso, che lo divertì al punto da lasciar andare la testa all'indietro per farsi una grassa risata.

La sua Shea, così posata e controllata, lo stava prendendo per il culo.

Eh sì, quella sera sarebbe stata proprio perfetta… a prescindere da cosa poteva succedere tra loro due.

"Va bene, allora la prossima volta ti farò sapere dove voglio portarti, così potrai organizzare tutto, da cosa ti metterai a cosa faremo tutta la sera. Che ne dici?"

Lei gli si avvicinò con gli occhi pieni di emozione, la gioia di sentirsi libera e disinibita. "Mi sembra un piano perfetto."

Shep sorrise e la baciò di nuovo, incapace di trattenersi. Lei si lasciò andare completamente in quel bacio con tutta se stessa. Lui le fece scorrere una mano sulla schiena fino al sedere, poi strinse. Eh sì, proprio una bella manata. Le loro lingue si intrecciavano sempre più, Shea aprì meglio la bocca, gemendo.

"Cosa sta succedendo, Shep?" gli chiese, dopo essersi allontanata.

"Non ne ho idea, Shea, ma non vedo l'ora di scoprirlo."

Capitolo quattro

"Shea, piccola, tira su i fianchi. Fammi vedere la tua bella passera."

Shea fece quanto richiesto, i gemiti le uscivano dalle labbra strette, il corpo che si agitava.

"Cazzo, Shea, non vedo l'ora di riempire la tua bella passerina e di sentirti intorno al mio cazzo mentre vieni intorno a me."

A quelle parole, Shea ansimò; voleva venire, ma ancora non ci riusciva.

Il telefono squillò e lei aprì gli occhi.

Oh, ma che cavolo.

Era tutta contorta sul letto, con le lenzuola stropicciate, la maglietta del pigiama sollevata, le mutandine indosso.

Shep non era nei paraggi.

Beh, non poteva esserci, come faceva?

No. Dopo una serata fantastica ad ascoltare musica jazz, mangiando panini in piedi per la strada e passando di locale in locale per bere, tra baci e risate, l'aveva accompagnata a casa e le aveva dato il bacio della buonanotte sull'uscio.

Sapevano entrambi che voleva entrare.

Sapevano entrambi che lei avrebbe accettato.

Però sapevano anche che non era il momento giusto.

Nei sogni, però, era tutta un'altra storia.

Il corpo le faceva quasi male, dal bisogno di lasciarsi andare. Dovette concentrarsi al massimo per non prendere il telefono e chiamare Shep, chiedendogli di venire ad aiutarla.

Porco cane, non le sembrava di essere la solita Shea. D'altro canto, era esattamente la Shea che voleva essere.

Il telefono le squillò di nuovo, così Shea imprecò, si girò a pancia in giù per afferrarlo dal comodino, sistemandosi le mutandine nel frattempo.

Erano le sei e mezza, era rimasta fuori fin verso le due.

Era impossibile che a chiamarla fosse l'unica

persona che voleva, quindi potevano essere solo sua madre o Richard.

In entrambi i casi, non rispondendo li avrebbe fatti irritare, e loro avrebbero fatto irritare lei, inesorabilmente.

Shea guardò il display del telefonino, imprecò proprio come avrebbe fatto Shep, poi rispose con voce glaciale.

"Mamma."

"Sei ancora a letto dopo le sei? Non capisco perché ti comporti così. È come se ti fossi dimenticata il modo in cui ti ho cresciuta. Ho passato degli anni per educarti, e adesso guardati. Sei persa. Ti potevi sposare bene, da giovane, con Richard. Lui è di buona famiglia, e invece guarda cosa hai combinato. Non sei altro che una commercialista che dorme fino a tardi, come una poco di buono."

Shea chiuse gli occhi. Perché aveva risposto al telefono? Poteva metterlo in silenzioso e dormire di più, soprattutto con Shep nei suoi sogni.

"Mamma."

"Sì, sono tua madre, con tutto ciò che ne deriva. Ti ho tirata su per bene, con un tetto sulla testa e con un futuro brillante, pieno di promesse, tanto che avrei dovuto vincere un premio. E invece tu cosa combini?

Lasci perdere tutto per andare a lavorare con dei numeri, mi diventi una sciacquetta che vive da sola e dorme fino a tardi la mattina, chissà poi con chi?"

Il modo in cui sua madre fantasticava della sua vita era quasi più vivace della realtà.

Anche se erano solo parole.

"Mamma. Intanto buongiorno anche a te." Non c'era davvero molto altro da dire, quando sua madre cominciava con una delle sue solite filippiche.

"Sarebbe stato un buon giorno se tu fossi la figlia che volevo, non la figlia che sei."

Ahia.

No, non aveva detto nulla di diverso da quanto continuava a dire negli ultimi anni, eppure…

Ahia.

"C'è un motivo per cui mi chiami, stamattina?" In fin dei conti era domenica. Dato che normalmente era un giorno di riposo, la moglie di Reginald Little III doveva prepararsi a fare a pezzi delle altre signore prendendo un tè con loro, pur non dando l'impressione di farle a pezzi, *invece* di rompere le scatole alla sua unica figlia.

Sua madre rispose con un lungo e accentuato sospiro. Quella donna aveva davvero delle maniere da diva del palcoscenico.

"Stamattina devi venire a pranzo, ci sarà anche Richard, così potrai scusarti. Speriamo che sia abbastanza gentile da riprenderti. A questo punto, ho fatto tutto il possibile per riparare ai tuoi gesti inconsulti. Non deludermi, comportandoti come al solito."

Shea si mise una mano nei capelli; le solite parole della madre la ferirono, una fitta al cuore, un dolore lancinante.

"Oggi non posso, mamma." *Né oggi né mai.* "Ho già degli altri impegni." I suoi impegni con Shep erano solo per la serata, ma sua madre non doveva conoscere ogni dettaglio.

"Impegni? Tu?" Sua madre rise, Shea sussultò. "Tesoro, non dirmi delle balle, lo so bene che non hai impegni. Chi vuoi che si impegni con te? Adesso vestiti, mettiti qualcosa che ti ho preso io; vestirti da poco di buono, troppo provocante, non servirebbe a nulla con Richard. Uno stile dimesso, ma tirati su le tette. A lui piacciono le tette. Facciamogli dare una bella occhiata alle tue grazie (anche se onestamente non c'è molto da guardare), così poi potrai fare la gatta morta per farti mettere l'anello al dito."

Al mondo non c'era abbastanza caffè per poter gestire tutte quelle pretese.

Sul serio?

Doveva fare la gatta morta dimessa per farsi riprendere da un uomo che non voleva?

Ma santo cielo, ma sua madre si ascoltava?

"A questo punto, mamma, interrompo la conversazione."

"Non fare la stronza ingrata. Io ho fatto *di tutto* per te, ed è così che mi ringrazi? Ci vediamo a pranzo, altrimenti te la faccio pagare alla grande."

Shea chiuse la conversazione mentre sua madre continuava con la sua tirata… un gesto che non avrebbe mai avuto il coraggio di fare, anche solo due giorni prima.

Evidentemente andare in giro di sera a farsi due risate con un uomo che la teneva stretta l'aveva aiutata più di quanto pensasse. Anche solo immaginarsi un impegno per quella sera (anche se quel piano doveva ancora concretizzarsi) la faceva stare molto meglio, al punto da poter sopportare qualunque urlata sua madre le avesse poi rivolto.

Avrebbe preferito dormire più a lungo, ma ormai non ci riusciva più. Non con la sensazione di brivido viscido per quella telefonata mattutina.

Ormai doveva alzarsi e cominciare la sua giornata.

Si fece una doccia, mangiò qualcosa per colazione, poi organizzò l'appuntamento di quella sera alla Preservation Hall. Quando Shep le aveva detto dove intendeva portarla, lei era rimasta sorpresa. Non era una destinazione normale, per un appuntamento, ma lui voleva portarcela comunque. Le aveva detto che avrebbero cenato... e poi tutto il resto.

Il solo pensiero di cosa volessero dire quelle parole la fece arrossire.

Shea non era la gatta morta di facili costumi che descriveva sempre sua madre, ma si sentiva pronta a scoprire cosa potesse succedere con Shep. Sentiva di non poterne fare a meno.

Quando finalmente arrivò il tardo pomeriggio, Shea era pronta e vestita per l'occasione. Shep sarebbe arrivato da un momento all'altro. A differenza del loro primo incontro, quando si erano trovati arrivando ognuno per conto proprio, ormai Shea non aveva paura a fargli sapere dove abitava, quindi Shep sarebbe passato a prenderla. Considerando che l'aveva accompagnata fino alla porta di casa la sera prima, era un po' troppo tardi per preoccuparsi di quel dettaglio.

Inoltre, diversamente dalla sera prima, non era vestita da escort, non sembrava un'accompagnatrice da portare a una festa dell'alta società.

No no.

Aveva cercato qualcosa da mettersi fino in fondo all'armadio, per fortuna aveva abbastanza vestiti nel reparto "non si cucca nulla" in cui si sentiva a suo agio. Si era messa un paio di jeans attillati, una bella camicetta e quelle scarpe con i cazzo di tacchi alti di cui aveva già parlato a Shep.

Di solito indossava quelle scarpe con un vestito intero, ma quella sera voleva osare un po'.

Sperava che gli piacesse quello stile.

Diamine! Doveva smetterla di sentirsi insicura. Era bastata una telefonata di quella megera prepotente di sua madre, per farla tornare agli anni della sua adolescenza.

Ormai non era più quella persona.

Doveva solo ricordarselo.

Sentì bussare alla porta e si risvegliò da quei pensieri, si portò una mano alla nuca, il cuore accelerò.

Era arrivato.

Va bene, Shea, ce la puoi fare.

Si lisciò la camicetta, sempre col cuore che le batteva a mille. Quando aprì la porta, Shea inspirò di scatto... ormai reagiva così, ogni volta che lo vedeva.

Shep indossava un'altra maglietta nera con dei bottoni al collo, che lo fasciava in tutti i punti giusti.

Era un bell'uomo.

Tremendamente bello.

"Mi ero immaginato che i jeans ti stessero da sballo e non mi sbagliavo. Niente affatto, proprio da sballo!"

Le parole di Shep le vibrarono in tutto il corpo, facendola sospirare.

Sì, sospirò come una ragazzina, ma non le interessava.

Shea si passò le mani sui jeans, non era ancora sicura di aver scelto i vestiti giusti per l'occasione... nonostante l'evidente approvazione di Shep.

Santo cielo, doveva davvero trovare il modo di tenere sotto controllo le sue insicurezze. Non era seduta nel salotto di sua madre, costretta a subire imprecazioni per aver versato gocce di punch sul vestito o per non essere abbigliata all'ultima moda. Quella sera non le importava di nulla.

Sentì una mano sulla guancia, che la costringeva a guardare in faccia Shep. Lei si fece seria, corrugando le sopracciglia.

"Cosa c'è che non va, piccola? Troppo deciso per i tuoi gusti?"

Shea sbatté le palpebre, confusa. "Oh, no, non è per qualcosa che hai detto." Arrossì. "Mi *piace* quello che hai detto."

Shep tirò un sospiro di sollievo e le accarezzò uno zigomo con il pollice. Shea inspirò dalla bocca; le piaceva un po' troppo quel tocco.

"Allora dimmi cosa ti passa per la testa in questo momento. Eri lontanissima, mi sembravi immersa in pensieri poco belli. Cosa c'è che non va, piccola?"

"Nulla," rispose lei, mentendo. Mentiva sempre, quando si trattava di sua madre e dei suoi *problemi*. Non voleva che quell'appuntamento fosse in alcun modo offuscato, non c'era bisogno di raccontargli della madre psicopatica, che attaccava la figlia con fiumi di parole ogni volta che poteva.

Sua madre non sapeva che Shea aveva una tormenta pronta a esplodere, sotto la sua facciata di calma apparente.

Shea voleva essere una persona diversa, ma aveva troppa paura per farlo. Ormai aveva tenuta nascosta la sua vera natura fin troppo a lungo, tanto che non sapeva più come farla tornare.

Shep le fece inclinare la testa, poi le accarezzò le labbra col pollice. "Con me non devi mentire, Shea. In fondo dovremmo conoscerci meglio, ti ricordi?"

"Per il mio tatuaggio. Però non c'è bisogno che tu sappia tutto, Shep."

"Piccola, lo sai che non è solo per il tatuaggio. È

molto più del tatuaggio, fin da quando ci siamo incontrati per caso in quella strada, da quando mi hai lasciato senza fiato, guardandomi con quei begli occhioni. Sì, vedrai che il tuo sarà il più bel tatuaggio al mondo. Sei già talmente bella che qualunque aggiunta alla tua pelle non farà altro che mettere in risalto la tua bellezza. Ma non è tutto. Voglio anche scoprire chi sei, conoscerti meglio. Ieri sera non abbiamo parlato di tatuaggi, di disegni. Abbiamo parlato di noi, di chi siamo. Di cosa vogliamo. Non voglio fare dei passi indietro. Se sono qui, adesso, è per conoscerti meglio, e *so bene* che anche tu vuoi conoscermi meglio. Non ti allontanare proprio adesso, Shea. Parla con me, dimmi tutto."

Che uomo.

Diamine.

Riusciva a capirla nel profondo e le trasmetteva così tanto.

Come diavolo faceva?

Appoggiarsi a lui sarebbe stato un gesto impossibile, per lei, ma cavolo se lo voleva.

"Mi dispiace."

Lui scosse la testa rapidamente. "No. Non ti devi scusare, Shea. Non hai fatto niente di male. Ma non capisci? Io voglio conoscerti, voglio scoprire ogni parte di te. Non mi è possibile, se ti chiudi, se ti nascondi con delle scuse."

"Shep…"

"Dimmi tutto, tesoro. Cosa ti è passato per la mente, che ti ha portata via, così lontano? Perché ti nascondi da me? So che non ci conosciamo da molto tempo, ma non senti anche tu lo stesso legame? È scattato qualcosa di importante, molto più di un semplice piacere passeggero."

Shea chiuse gli occhi. "Sì, lo sento anch'io."

"Guardami, Shea."

Lei lo guardò, quegli occhi azzurri erano così penetranti.

"Dimmi cos'è successo."

"Mia madre è una stronza."

Shep sbatté le palpebre, mentre Shea si trattenne per non sbuffare.

"Senza peli sulla lingua," aggiunse lei.

"Eh sì, ma sono d'accordo con te quando dici che è una stronza, se ti fa sentire così, come ti ho vista poco fa."

Le piaceva un sacco vederlo in casa propria, con tutti quei tatuaggi e con il suo aspetto da ragazzaccio, che contrastavano con lo stile così pulito e ordinato della casa. Aggiungeva un tocco di selvatico, nel senso migliore del termine.

Shea si lasciò cadere sui cuscini come aveva fatto prima, ma stavolta Shep la tirò più vicina. Il calore del suo corpo la avvolgeva, lei si lasciò riscaldare.

Eh sì, lo voleva davvero.

Voleva lui.

Doveva solo trovare il modo di dirlo.

"Beh, come dicevo, mia madre è una stronza. Non importa tutto quello che ho fatto da ragazzina, nemmeno da adulta, non è mai soddisfatta. Sono nata per diventare una debuttante, il blasone dei Little impersonato, dovevo usare i nostri soldi e la nostra influenza per guadagnare ancor più soldi e ancora più influenza. Fin da piccola, ho sempre saputo di essere una pedina, per i giochi politici di potere della mia famiglia. Sono nata per un matrimonio di convenienza, dovevo sposare chiunque avessero scelto, per diventare la moglie perfetta. Non ho imparato a cucinare, ho imparato a gestire i domestici. Non ho imparato a fare le pulizie, sono cresciuta in una casa pulita e linda, grazie al lavoro di altri."

Shea respirò profondamente, si sentiva sovrastata dal risentimento che aveva sempre cercato di nascondere.

Shep le accarezzò una ciocca di capelli, lei si

appoggiò a quel tocco; aveva bisogno di lui più di quanto osasse ammettere.

"Io non sono quella persona, Shep. Almeno ho cercato di non essere quella persona. Questa casa? Me la sono pagata da sola. È piccola, troppo piccola per mia madre, che me lo ripete continuamente. Ci sono solo due camere da letto, ma per me va benissimo. Tutti gli oggetti che vedi, sono tutti scelti da mia madre. Non sono riuscita a impedirle di arredarmi casa in modo che le sembrasse un minimo 'decente'. Ci ho provato, ma lei è riuscita a intromettersi, me l'ha arredata quando ero via per lavoro."

"Santo cielo, non ti ha lasciato nemmeno mettere un po' di te stessa in casa tua?"

"Ma chi sono io, Shep? Tu stai cercando di scoprirlo per il tatuaggio… e perché lo desideri," aggiunse, vedendolo stringere gli occhi. "Non lo so nemmeno io, chi sono. Però sto cercando di scoprirlo. *Voglio* scoprirlo."

Mentre diceva ciò che aveva sempre avuto paura di dire, il suo petto perse parte della tensione che le rendeva difficile persino respirare.

"Voglio crescere, andare oltre la persona che mia madre voleva che fossi, oltre la persona che non ho voluto essere, per lei. Solo… solo che non so come fare. E poi non ti ho nemmeno raccontato tutto ciò che mi ha detto, anche solo stamattina, ma sono pronta a voltare pagina. Devo farlo."

Shep si mosse sul divano in modo da trovarsi di fronte a lei. "Diamine, piccola, voglio sapere tutto quello che ti ha detto tua madre, per farti nascondere in questo modo, ma posso aspettare. Invece, per quanto riguarda il trovare te stessa? Per Dio, la donna che sei sta già venendo fuori. Non vedo l'ora che anche tu scopra chi sei, perché io vedo la donna che sei, anche in questo preciso momento, e mi piace molto."

"Davvero?" Shea sorrise, le piaceva il modo in cui lui metteva passione in ogni parola.

"Davvero, piccola."

A quel punto lei si mosse e gli prese la faccia con le mani. "Stasera non voglio uscire," se ne uscì all'improvviso.

Lo sguardo di Shep fu attraversato dal dolore misto a rabbia, i suoi occhi si fecero seri, poi un sorriso si fece strada sul suo volto. "Ma davvero?"

"Davvero."

Le passò un dito sulla guancia, facendola tremare di piacere. "Allora cosa vuoi fare stasera, piccola?"

Lei gli accarezzò la barba con la mano, le

piaceva quella sensazione di pelle, tanto che si chiese come sarebbe stato quel contatto, in altre parti del corpo.

Shea si sentì arrossire, Shep reagì con una risata, un suono ruvido che le arrivò dritto in mezzo alle gambe.

"A giudicare da quel rossore, immagino tu sappia bene ciò che vuoi fare stasera. Lasciami indovinare. Qualcosa del tipo farti leccare ogni centimetro della pelle, farti succhiare i capezzoli e la tua dolce passerina, per poi fartela riempire col mio uccello?"

Shea deglutì a fatica. "Mi sembra un bel piano," rispose, con voce rotta dall'emozione.

"Sai già anche da dove vuoi cominciare?"

Chiedere tutto insieme era troppo? Troppo sfacciata?

"Non importa, dimmi solo cosa fare."

Dal gemito di Shep, Shea capì di aver risposto nel modo migliore.

"Proprio così, cazzo, tu fai come dico e vedrai come godrai, piccola. Ti piacerà ogni momento."

Shea si sentì fremere irrequieta sul divano. "Mi piace già."

"Cavolo, lo vedo che ti piace."

Shep la baciò di slancio, passandole la lingua

lungo il contorno delle labbra, per poi intrecciare la lingua con quella di lei. Shea gemette in quel bacio, voleva, anzi, aveva *bisogno* di andare oltre. Shep le mordicchiò le labbra, la leccò, la baciò affondando la testa nel suo collo. Shea si piegò verso di lui, voleva farsi mordere, farsi succhiare... farsi fare *qualunque* cosa.

Quando lui le prese i seni attraverso la camicetta, lei si spinse più vicino al suo tocco.

"Ti piace?"

Lei rispose con un gemito, non riusciva a dire altro.

"Non vedo l'ora di scoparti queste belle tette, Shea. Forse non stasera, ma presto. Sono appena più grosse del mio pugno, perfette per il mio uccello. Sono ansioso di vedere il mio uccello che si muove tra le tue tette, mentre tu te le tieni strette. Magari ti scoperò anche in bocca allo stesso tempo, così potrai leccarmi e succhiarmi la cappella, mentre ti scopo le tette."

Cavolo, era proprio bravo a farla eccitare con le parole.

Stava quasi per venire, solo ascoltandolo.

Shep si alzò in piedi e la sollevò in braccio. "Che ne dici di toglierti quei vestiti di dosso, così posso vederti? Così posso vederti tutta."

Lei deglutì a fatica, non perché si vergognasse del proprio corpo, ma perché sapeva di non essere proprio magrissima. Aveva i seni ancora sodi, ma non alti come quando era più giovane. Dopo i trent'anni, il suo corpo aveva cominciato ad ammorbidirsi, afflosciandosi un poco. Pur cercando di combattere i segni del tempo, aveva perso qualche battaglia.

Shep le mise un dito sotto al mento e la costrinse a guardarlo negli occhi. "Tieni gli occhi su di me, basta dubbi. Sei sensuale da impazzire, voglio vederti nuda. Capito? Sei bella, smettila di pensare di non esserlo."

Lei sorrise, poi fece per aprire il bottone più basso della sua camicetta. Shep le fermò le mani con le proprie.

"No, lascia fare a me."

Le sfilò lentamente la camicetta dalla testa e poi se la gettò dietro. "Santo cielo, Shea, ma quanti strati hai addosso?"

Lei sorrise al tono irritato della sua voce. Evidentemente la voleva spogliare alla svelta. Meglio così, lo voleva anche lei.

"Solo questa maglietta e il reggiseno, poi i jeans e le mutandine. Ah sì, le scarpe le calze."

Shep scosse la testa, poi si abbassò per baciarla.

"Non fa niente, piccola, l'emozione dell'attesa è ancora più dolce."

Shea sbuffò. "Un po' più di attesa e brucio sul posto."

"Oh, dolcezza, tu aspetta e vedrai."

Lei strabuzzò gli occhi. "È proprio ciò che temo."

Lui le tolse la maglietta e poi si inginocchiò davanti a lei; le tolse le scarpe più velocemente di quanto lei non credesse possibile, le tolse le calze, poi le sfilò i jeans dalle gambe, lasciandola solo in mutandine e reggiseno, abbinati.

Poi rimase in ginocchio davanti a lei, con gli occhi spalancati e pieni di desiderio. "Te lo dico, Shea, mi piacciono le coppe rosa col pizzo nero."

Lei arrossì e abbassò la testa. Le piaceva indossare intimo sexy sotto i vestiti; da quel momento in poi, vedendo lo sguardo di Shep pieno di desiderio, avrebbe fatto in modo di indossare *sempre* qualcosa di sexy per lui.

Almeno sotto i vestiti.

Lui si alzò, passandole le dita callose sul corpo, poi la tirò più vicina. "Santo cielo, Shea, quanto sei bella."

Prima ancora che lei potesse rispondere, la baciò di slancio, lasciandola senza fiato.

Poi le aprì rapidamente il reggiseno, gettandoselo dietro le spalle. I seni le caddero pesantemente, aveva i capezzoli già induriti.

Shep le passò un pollice su un capezzolo, stimolandolo, poi fece altrettanto con l'altro. Lei inarcò la schiena; voleva di più.

"Ma guarda che bei capezzoli che hai, piccola. Sembrano delle fragoline pronte da succhiare, da leccare." Shep si abbassò e prese un capezzolo in bocca, succhiandolo.

Lei si sentì la passera pulsare e gemette.

Cavolo, quanto le piaceva.

Le passò la lingua su un capezzolo, stimolandolo, poi lo morse delicatamente. Quel dolore pungente le andò dritto tra le gambe, che Shea cominciò a muovere in cerca di sfogo.

Lui si tirò indietro e la prese per i fianchi. "No cara, non è ancora ora di venire. Devi lasciarmi fare. Ci penso io."

"Shep."

Ma stava scherzando?

Aveva bisogno di venire.

Subito.

"No, vai a sederti sul divano e apri le gambe, piccola."

Sentendo quell'ordine, lei inspirò rapidamente,

ma poi fece come le aveva chiesto. Prima obbediva, prima Shep l'avrebbe fatta venire. Non serviva a nulla girarci attorno.

Così Shea si lasciò cadere sui cuscini, tutta rossa in volto, divaricando le gambe per mostrargli quanto erano bagnate le sue mutandine. Ormai era impossibile nascondersi.

"Santo cielo, sei così bagnata che te la posso vedere anche attraverso le mutandine. Hai voglia tanto quanto me."

"Ho più voglia di te," gli rispose, sentendosi molto vulnerabile.

"Dolcezza mia, non è una gara. Altrimenti finiremmo in pareggio." Poi si tuffò in ginocchio, ancora completamente vestito, e si spinse con la faccia tra le gambe di lei, inspirando.

"Shep!" Shea cercò di chiudere le gambe e di allontanarsi, ma lui le tenne aperte le cosce con le sue mani grandi.

"No no, piccola. Il tuo dolce odore mi fa impazzire. Ho proprio voglia di assaggiarti."

Poi le mise le dita sotto le mutandine e gliele sfilò dalle gambe, gettandosi anche quelle dietro le spalle.

Si stava davvero impegnando a metterle la casa in disordine in pochissimo tempo.

Ogni pensiero sulla sua casa pulita e sui suoi vestiti in disordine le sfuggì di mente quando Shep abbassò la testa, passandole la lingua sul clitoride.

Shea sollevò il sedere dal divano, spingendo il suo caldo centro contro la faccia di lui. Shep la spinse giù e poi si mise all'opera, leccandola, succhiandola, mordicchiandola. La leccò intorno al clitoride, poi lo succhiò con forza.

Shea si sentì fremere in tutto il corpo, perse sensibilità alle gambe, raggiungendo l'orgasmo alla prima leccata.

Sentì un forte formicolio alle braccia, la passera le palpitava, voleva di più.

Cacchio, quanto era bravo.

"Cazzo, Shea, che orgasmo potente, così presto. Sapevo che avresti reagito, ma che cavolo, adesso te ne faccio venire un altro, poi un altro ancora, hai capito?"

"Fai quello che vuoi," gli rispose con voce stridula; era troppo presa dagli spasmi del piacere.

Lui tornò a fare ciò che stava facendo prima, leccandole le grandi labbra, per poi spostare la mano, portando le dita verso la sua fica bagnata e pulsante.

Le spinse un dito nella passera, poi ne aggiunse altri due, succhiandole il clitoride. Shea era ancora eccitata per l'orgasmo precedente, così il suo corpo tremò e si irrigidì, tornando subito al massimo dell'eccitazione. Shep la scopò con le dita, gemendole addosso. La barba che si strofinava contro la pelle morbida dell'interno coscia la fece venire di nuovo, era una sensazione troppo forte per trattenersi.

Non era mai venuta così tanto, facendo sesso, in passato.

Figuriamoci più di una volta.

E doveva ancora vederlo nudo.

Forza, Shep!

No. Forza, *Shea*!

Lui si spostò più indietro e la baciò su tutto il corpo, fino a risalire alla bocca. Sentendosi gambe e braccia pesanti, Shea si fece forza per mettergli le mani nei capelli. Sentiva sulle sue labbra il sapore del proprio piacere. Quel sapore la fece eccitare ancor di più.

"È stato davvero forte," gli sussurrò.

"Questo è solo l'inizio." Shep si alzò in piedi e si spogliò.

Lei lo squadrò avidamente. Il suo corpo era grande, massiccio, abbronzato, pieno di muscoli... perfetto. Aveva tatuaggi sulle braccia, sulle cosce e sul petto. Era eccitante da impazzire. Aveva anche un piccolo tatuaggio sull'osso dell'anca, doveva assolutamente leccarglielo, prima o poi.

Lo sguardo di Shea fu catturato dal metallo che scintillava sul corpo di Shep. "Hai dei piercing."

Shep ridacchiò e si passò una mano sulle barrette che gli uscivano fuori dai capezzoli. "Sì, e non vedo l'ora di sentirci sopra la tua lingua."

Lei abbassò lo sguardo, poi deglutì.

"Si chiama *dydoe*," le spiegò Shep. Erano due barrette infilate quasi sulla punta del suo uccello. Non erano molto grandi rispetto alle sue dimensioni, ma di certo gli aveva fatto male mettersele.

"Non ti ha fatto male il piercing?"

"Eh sì, parecchio, ma ne è valsa la pena. Vedrai. Il piercing lo sentirai proprio nel punto giusto, nella tua bella passera, non potrai più fare a meno del mio uccello."

Shea si morse le labbra e si agitò sul divano. "Che ne dici se…" ma si fermò e arrossì. Cavoli, le aveva appena leccato la passera, eppure non riusciva ancora a parlare liberamente.

"Te ne accorgerai quando ti scopo in bocca, quando andrai su e giù con la lingua sul mio uccello. Siccome non hai un piercing alla lingua, non sarà un problema indossare i miei piercing mentre te lo metto in bocca."

Lei reagì sbattendo le palpebre. "Invece se avessi un piercing alla lingua?" Non che ne avesse mai voluto uno, ma sapeva che col piercing alla lingua si facevano dei pompini fenomenali (ecco, almeno riusciva a pensare liberamente). Pensandoci, i piercing di Shep erano chiaramente per lei, non per lui. Sarebbe stato più che giusto ricambiare il favore.

Shea si agitò di nuovo.

"Cazzo, piccola. Se ti fai un piercing alla lingua, me li dovrò togliere quando lo vuoi prendere in bocca. Ma adesso? Adesso voglio scoparti alla grande, perché sto per scoppiare. Hai capito?"

Eh sì, aveva capito benissimo.

Shep la tirò su, facendola alzare in piedi e reggendola, mentre lui si sedeva sul divano. Poi si infilò un preservativo mentre lei lo guardava.

"Quello dove l'hai preso?"

"Ce l'avevo nella tasca dei jeans, piccola. Solo che eri troppo concentrata sul mio uccello (non che mi dispiaccia) e quindi non te ne sei accorta. Ora salta su. Montami."

Lei sorrise e fece come le aveva detto, mettendosi a cavalcioni sulle sue cosce. Quando l'uccello si strofinò contro la sua passera, lei ansimò.

"Porca vacca, Shea, quanto sei bagnata!" Shep

la guardò negli occhi, facendola inspirare di scatto dall'ansia.

Lei gli mise le mani dietro la testa, stringendosi a lui sul divano. Lui le afferrò le natiche, stringendole, per provocarla.

Lentamente, continuando a guardarlo negli occhi, Shea si abbassò lasciandosi penetrare. Era un uccello bello grosso, ma lei era già venuta due volte, quindi era già ben lubrificata, pronta a prenderlo.

Shea inclinò leggermente i fianchi, mentre lui la penetrava, inspirando profondamente. Eh sì, le piaceva proprio! Quando finalmente si sentì penetrata completamente, dovette rimanere lì seduta per un momento per abituarsi a quella sensazione, sentendolo dentro fino in fondo.

"È davvero uno sballo, Shea. Uno sballo bello e buono."

Lei era d'accordo, anche se non riusciva a parlare. Non in quel momento. Quando finalmente fu di nuovo in grado di respirare, Shea mosse di nuovo i fianchi e si tirò più in alto.

"Cazzo," sussurrò Shep.

Lei salì lentamente, poi si lasciò cadere di colpo, le piaceva molto il modo in cui entrambi ansimavano allo stesso tempo.

"Fallo ancora."

"Ma certo," sussurrò lei.

Lei rifece la stessa mossa, più e più volte. Shep le tenne una mano sotto al sedere, tenendola in equilibrio, mentre con l'altra spaziava, prendendole prima un seno, poi andando a stimolarle il clitoride. Shea non tolse mai lo sguardo dagli occhi di Shep. Le sarebbe piaciuto lasciarsi andare, lasciar cadere la testa all'indietro, chiudere gli occhi e cavalcarlo come un'amazzone, ma in quel preciso momento voleva solo vivere quel momento con lui.

Voleva fargli capire come la faceva sentire.

A giudicare dallo sguardo, lui lo capiva.

Così cominciò a muoversi più in fretta, sentendo le proprie pareti interne che si stringevano, i seni che le si appesantivano, la scossa che le saliva dalla schiena.

"Adesso vieni, Shea. Vengo anch'io con te."

Lei non aspettava altro, si lasciò andare a un orgasmo molto potente, senza mai rallentare il ritmo. Sentì Shep che veniva dentro di lei, riempiendo il profilattico, mentre urlava il suo nome.

I loro sguardi erano fissi l'uno nell'altra, senza interruzione.

"Facciamolo ancora," sussurrò Shea.

Shep mosse i fianchi, facendola gemere. "Dammi un paio di minuti, poi andiamo a scopare a letto. Tu sei già venuta tre volte, quindi lascia fare a me."

"Mi sembra un ottimo piano," gli rispose, parlandogli nel collo.

"Ci puoi giurare."

Pensò davvero a tutto, qualche minuto dopo, scopandola nel letto. Anche lei fece la sua parte, però.

Per quanto possibile.

Capitolo cinque

SHEP GEMEVA, CON LA MENTE PIENA DELLE immagini delle attività della settimana precedente. Si appoggiò al muro, nella doccia, cercando di riprendere fiato. Aveva passato tutta la settimana al lavoro, oppure con Shea.

O dentro Shea.

Eh sì, gli piaceva molto anche quello.

Doveva smettere di pensare al modo in cui lei gemeva, ai gridolini che faceva e a come si agitava tutta, muovendosi sul suo uccello. Doveva andare in pasticceria a incontrare Austin, non era il caso di presentarsi con un'erezione colossale.

Ma che *cazzo*.

L'immagine di Shea in ginocchio, mentre lui le sbatteva l'uccello sulle labbra, o di come lei si scopava da sola con le dita, non gli usciva dalla testa.

Così si prese l'uccello e si passò in tutta lunghezza il sapone che aveva usato sul resto del corpo. Poi strinse forte e si scopò la mano a occhi chiusi, immaginando che quella mano fosse in realtà la boccuccia calda di Shea, che a stringerlo fosse il risucchio delle sue guance, illudendosi che il movimento del pollice sulla cappella fosse la lingua di Shea che lo leccava, che lo assaggiava.

Shea era proprio brava a scopare di gola, adesso lo sapeva anche lei. Quegli sfigati che erano usciti con lei non sapevano che gemma si erano persi. Eh sì, sapevano che era una gran fica, perché era impossibile negarlo, ma il fatto che fosse così brava con la bocca faceva venire a Shep voglia di andare oltre, la voleva ancora di più.

Eh sì, era proprio perfetta per lui.

Shep continuò a pompare coi fianchi, scopandosi il pugno mentre si immaginava le belle labbra di Shea intorno all'uccello, intanto lei si strofinava tra le gambe con le dita.

L'orgasmo fu molto forte, Shep lasciò andare la testa all'indietro contro il muro della doccia, con gli spruzzi di seme che cadevano sul pavimento, per poi essere portati via dall'acqua.

Porca puttana.

Ormai si faceva una sega nella doccia come un ragazzino delle superiori, anche se faceva sesso regolarmente.

Shea l'avrebbe fatto impazzire, ma che bel modo di impazzire!

Finì di lavarsi, con l'uccello ancora mezzo duro, ma ormai ci era abituato, era normale, ogni volta che pensava a Shea, che l'aveva vicina. Gli bastava sentirla respirare.

Dopo essersi vestito, si avviò verso la pasticceria dove Austin lo aspettava. Suo cugino era arrivato due giorni prima, ma invece di stare con lui aveva deciso di pernottare con un altro amico.

Chiaramente Austin voleva lasciare a Shep un po' di spazio, del tempo in più da passare con Shea.

E lui ne aveva approfittato.

Austin era seduto a uno dei tavolini all'aperto sotto la veranda, sorseggiava un caffè con un ghigno che non nascondeva la stanchezza. C'era qualcosa che non andava, ma Shep non sapeva proprio cosa fare con suo cugino, non sapeva nemmeno se *dovesse* fare qualcosa. Sperava solo che stare a New Orleans un paio di settimane per rilassarsi lo avrebbe aiutato a risolvere ogni problema, qualunque fosse.

"Finalmente ci vediamo, era ora," gli disse

Austin, bevendo un altro sorso di caffè. Shep si sedette vicino a suo cugino, era stanco morto, non dormiva molto, ultimamente. "Il vostro caffè, comunque, è buono da impazzire. Cioè, a Denver c'è l'aria buona, è tutta salute. Mi piacciono le birre, anche quelle artigianali, il panorama, tutto. Non cambierei assolutamente. Ma qui? Il caffè è così aromatico, aroma puro."

Arrivò la cameriera, Shep mostrò due dita. Shea sarebbe arrivata di lì a poco, la cameriera sapeva cosa piaceva a Shep. Quella rossina sorrise allegramente, con gli occhi spalancati, quasi mangiandoselo con lo sguardo, ma lui si limitò a sorridere e a scuotere la testa.

Così lei se ne andò, sempre sorridendo, ma con meno convinzione.

"Ha provato anche con me quello sguardo e quel sorriso," disse Austin, accomodandosi sulla sedia; il tatuaggio sulle spalle gli sbucava dal colletto della maglietta.

"E tu non ne hai approfittato? Stai perdendo il tuo fascino."

Austin inarcò un sopracciglio. "Non ne hai approfittato neanche tu. Poi, è anche troppo presto per quella roba. Ma dai, cosa avrà, vent'anni? Tecnicamente potrebbe essere nostra figlia."

Shep gemette. "Cacchio. Dovevi proprio dire questa cavolata? Adesso sì che mi sento vecchio. Io non ne ho approfittato perché sto con Shea. Non farei mai il cretino nei suoi confronti, figuriamoci."

Chiuse la bocca appena la cameriera arrivò con i due drink al tavolo, sempre ammiccando con gli occhi.

"Grazie," disse Shep con voce roca. Ormai avrebbe dovuto capirla, con tutti quei segnali, altrimenti gliel'avrebbe detto; anche se, per come flirtava in pubblico, doveva essere in grado di interpretare segnali come quelli.

"Chiamatemi pure, se avete bisogno di qualcosa. Di *qualunque* cosa."

La cameriera sbatté di nuovo le ciglia e pian piano se ne andò.

"Porco cane, sono davvero troppo vecchio per queste cavolate."

Austin reagì con una risata ruvida. "Buono a sapersi, allora vuoi rimanere fedele a Shea. Non che in passato tu abbia tradito... neanch'io faccio il cretino così. Ma è bello sapere dove ti sta portando il tuo rapporto."

"Perché non mi chiedi direttamente quello che vuoi sapere, invece di girarci attorno?" I Montgomery erano davvero sempre interessati agli affari di famiglia, anche se Shep viveva piuttosto lontano, erano sempre affari di famiglia.

Austin bevve un altro sorso. "Il rapporto tra te e Shea si fa serio? Sai, non sei più giovanissimo."

"Prima di tutto io e te abbiamo la stessa età, quindi finiscila di farmi fare la parte del vecchio. Per quanto riguarda me e Shea..." Si sedette e ci pensò un poco. In passato, aveva già avuto un paio di rapporti seri, ma nulla che gli avesse fatto venir voglia di correre all'altare, o di immaginarsi dei figli con la sua compagna. Ma con Shea? Era tutto diverso. "Sì, è un rapporto serio."

"Ma dai, ottimo, amico mio. Son proprio contento di sentirtelo dire." Gli occhi di Austin si illuminarono quando guardò oltre le spalle di Shep. "Ed eccola qua. Ciao, Shea. Ben ritrovata."

Si erano incontrati la prima volta quando Austin era arrivato a New Orleans. Quando l'aveva guardata, aveva subito detto che sarebbe andato a dormire da un altro amico, non da Shep.

Brav'uomo.

Shep si voltò e inspirò di scatto.

Eh sì, si stava proprio innamorando di quella bionda sexy in abito rosso.

Anche alla svelta.

A pensarci bene, si era già innamorato di lei, ma

sapeva bene che non erano ancora pronti per passare a quel livello.

Non ancora.

Il vestito rosso rubino le fasciava le curve, pur salendo fino al collo nello stile classico che lei amava tanto. Shea preferiva scoprirsi solo per lui. Il vestito le scendeva fino al ginocchio, quel giorno le scarpe erano rosse e basse, niente tacchi.

Shep le aveva detto che dovevano camminare, quel giorno, quindi si era vestita di conseguenza.

Eh sì, Shep si stava proprio innamorando di lei.

Si alzò in piedi e le si avvicinò, non riusciva ad aspettare. Le prese la faccia tra le mani e la orientò verso di sé. Lei aprì appena le labbra e lui approfittò di quell'invito per baciarla.

Cavolo, quanto gli piaceva quel sapore.

Poi arretrò, senza fiato, e guardò quel viso seducente e imbarazzato. "Ciao."

Lei sorrise. "Ciao."

"Ciao a entrambi," disse Austin. "Adesso sedetevi e smettetela di pomiciare per la strada. Il vostro caffè si sta raffreddando, poi voglio ordinare dei bignè. Lo sapete che me li mangio tutti…"

Shep si girò, mise un braccio intorno alle spalle di Shea e si incamminò verso Austin. "Se te li mangi tutti da solo finirai per perdere la tua silhouette."

Austin si mise una mano sulla pancia e sghignazzò. "Ne varrebbe davvero la pena."

Shea rise, con un suono che rallegrò l'animo di Shep. Santo cielo, Shea aveva proprio bisogno di ridere di più, ma ultimamente stava cominciando a farlo. Il ghiaccio si stava sciogliendo, lasciando spazio a un fuoco selvaggio.

La sua Shea era molto più di quanto sua madre volesse… molto, molto di più.

"Mi hai preso il caffè?" gli chiese.

Shep la baciò alla tempia e si accomodò sulla sua sedia. "Sì, quello alla cicoria che ti piace tanto."

Lei sorrise e bevve un sorso di caffè, lasciandosi sfuggire un gemito che gli andò dritto all'inguine.

Con la coda dell'occhio, Shep vide il ghigno di Austin, ma lo ignorò. Quel piccolo gemito era solo per Shep.

"Allora, dove andiamo stamattina?" chiese, dopo aver mangiato alcuni bignè.

"Allora, io devo andare un pochino al lavoro, come ti dicevo, tu mi accennavi che saresti venuta con me," rispose Shep.

Lei sorrise ampiamente, ma con un filo di ansia

negli occhi. "Voglio vedere come lavori. Sai, mi preparo mentalmente al mio tatuaggio."

"È una buona idea abituarti mentalmente, prima di fare quel passo," intervenne Austin. "Ma Shep è un mago, un fenomeno a tatuare, quindi sei in ottime mani. Se non la pensassi così, mi occuperei io stesso del tuo tatuaggio."

Shep lanciò un'occhiata seria al cugino. Aveva la sensazione che Austin stesse parlando di qualcosa di più del mero tatuaggio, rivolgendosi a Shea, ma non voleva fare una scenata di gelosia davanti a lei. Ci avrebbe pensato più tardi a mettere a posto suo cugino.

"Mi fido di lui completamente," disse Shea, facendo sospirare Shep.

Proprio così.

Finalmente.

"Allora, dove mi porti dopo il lavoro?"

Shep sorrise. "Al cimitero di St. Louis."

Austin scoppiò a ridere, mentre Shea strabuzzava gli occhi.

"Al cimitero? Ti sembra il posto giusto per un appuntamento?"

Shep fece spallucce e le rubò un bacio. "Vedrai che ti piacerà, te lo prometto."

"Non mi piace molto farmi spaventare, Shep."

Shep se la tirò più vicina. "Piccola, non è un parco giochi, nessuno cerca di farti spaventare con dei trenini dell'orrore. Stiamo parlando di storia vera. Ci andiamo per un po', così potrai dare un'occhiata, vedere qualcosa che non si vede tutti i giorni. Poi torniamo a casa."

"Dove Shep farà in modo di riscaldarti un pochino, se ti è venuto freddo," sbottò Austin beffardamente.

"Stai zitto, Austin," ribatté Shep.

Shea reagì con un gran sorriso. "Ma davvero? E come pensi di riscaldarmi?"

Shep si abbassò e le mordicchiò il labbro inferiore. "Non fare la finta ingenua. Sarà meglio che non ti racconti tutti i dettagli davanti a Austin. Dobbiamo andare alla Midnight Ink, non voglio mettermi a lavorare con l'uccello duro."

Shea sbuffò. "Sarebbe davvero imbarazzante."

"Eh già, specialmente perché oggi devo tatuare una signora sulla sessantina, che vuole i nomi dei nipotini sulla pelle." Il lavoro prevedeva di inserire i nomi in un intricato disegno, con gigli e lavanda. Era davvero carico per quel lavoro... una sensazione che non provava da tempo.

Shea spalancò gli occhi, poi lasciò andare la testa e si mise a ridere. "Oh, poverino!"

"Stai buona, cosa ridi?" La baciò intensamente e poi si alzò in piedi. "Te la farò pagare per queste risate."

Gli occhi le si riempirono di desiderio, Shea si leccò le labbra. "Questo me lo aspettavo."

Cacchio, sarebbe stata una giornata davvero lunga.

SHEP CHIUSE la porta e spinse Shea contro il muro. Poi le prese i capelli in una mano e le fece inclinare la testa di lato, affondandola nel suo collo.

Lei si agitò contro di lui e rise. "Allora, avevi detto che mi avresti riscaldata?" gli disse, ansimando.

Shep si allontanò e strofinò il suo membro duro contro di lei. "Proprio così. Hai avuto paura, mentre camminavamo tra le tombe?"

Lei cercò di avvicinarsi, ma lui la spinse di nuovo contro il muro. "Lascia che ti tocchi."

"Rispondimi, Shea."

"Ma certo, però tu eri con me, quindi non è stato poi così brutto. Adesso abbracciami, vedrai che mi sentirò meglio."

Shep grugnì, premendo i fianchi contro il corpo

di lei. "Ti abbraccerò e non ti lascerò più andare, Shea, non dimenticartelo."

"Affare fatto."

Lui sorrise, poi si inginocchiò a terra.

"Cosa fai?"

"Voglio leccartela mentre tieni le gambe sulle mie spalle. Poi ti scoperò contro il muro. Va bene?"

"Oh, va bene," rispose lei, con un filo di voce, mentre Shep si mise a ridere.

Sapeva bene che a lei piaceva sentire la sua testa tra le gambe, la sua bocca sulla passera. L'ultima volta che l'avevano fatto, le era venuto un orgasmo esplosivo, quindi Shep aveva intenzione di fare il bis ad ogni occasione.

Anche se così correva il rischio che gli scoppiasse l'uccello nelle mutande.

Le tolse le scarpe e se le gettò alle spalle. Fossero state scarpe con i tacchi, gliele avrebbe fatte tenere mentre scopavano, perché aggiungevano un tocco molto sexy. Poteva essere un'idea per la prossima occasione.

Le sfilò le mutandine e sorrise. Gli piaceva un sacco quel triangolino di pelo biondo sulla passera. In realtà gli piaceva un sacco quella passera.

Tutta.

Le fece divaricare le gambe, se ne mise una

sulla spalla in modo che lei potesse sostenersi con l'altra, poi si mise al lavoro. Cominciò a leccarle intorno al clitoride, risalì le sue cosce con le mani, per poi aprirle le grandi labbra, in modo da guardare la sua bella passera rosa luccicante.

Poi la scopò con la lingua, con le dita, poi di nuovo con la lingua, ormai tutta coperta dei suoi dolci succhi. La sentì ansimare, così continuò allo stesso ritmo, senza farle raggiungere l'orgasmo, almeno non prima di aver finito.

Non si sarebbe mai stancato di leccargliela.

Le succhiò il clitoride, poi lo stimolò con le dita, premendolo. Così lei raggiunse l'orgasmo e la sua passera cominciò a stringersi, come se gli mordesse le dita.

Shep si staccò da lei mentre stava ancora venendo, tirò fuori l'uccello dai jeans, si infilò un preservativo e si spinse dentro di lei, prima ancora che potesse ansimare.

"Cazzo, Shea, se sei stretta."

"Oddio, quanto mi piace. Ti prego, scopami."

"Ecco la mia ragazzaccia."

Shep cominciò a spingere coi fianchi, mentre lei lo avvolgeva con le gambe. Lui le afferrò le natiche, tenendola spinta contro il muro. Le affondò la testa nel collo, mentre lei si aggrappava ai suoi capelli, stringendoli forte.

Shea accompagnava ogni colpo coi fianchi, scopavano con tanta forza, che il rumore echeggiava per la stanza. Ma a loro non interessava.

Shep la voleva.

Subito.

Lei ansimò e si strinse intorno a lui, venendo di nuovo. Lui si spinse dentro ancora una volta e raggiunse l'orgasmo subito dopo di lei, riempiendo il profilattico.

Non vedeva l'ora di fare l'amore senza, con lei.

Rimasero così in piedi per un paio di minuti, il suo uccello rimase duro come se non fosse venuto. Ormai non era più un ragazzino, eppure sapeva di poterlo rifare, se solo Shea avesse voluto.

Infine, lo tirò fuori e le fece mettere i piedi a terra. Si allontanò per un attimo, per andare in bagno a togliersi il preservativo, poi tornò da lei.

Lei lo guardò negli occhi, poi abbassò lo sguardo al suo uccello.

"Vai a sederti sul divano," gli ordinò; lui inarcò un sopracciglio.

"Shea..."

"Vai a sederti sul divano," gli ripeté.

"Fammi capire, me lo vuoi succhiare?" L'idea gli piaceva alla grande.

"Lo sai che sono molto brava con la bocca. È solo un'idea…" Shep rise; gli piaceva molto il modo in cui lei cominciava a parlare apertamente, senza peli sulla lingua, tutto un altro mondo, rispetto alla Shea che aveva incontrato la prima volta.

Shep si tolse i vestiti e poi sfilò il vestito di Shea, che reagì con un gridolino; anche lui rise, prima di toglierle anche il reggiseno.

"Pensavo di avere io le redini del gioco," gli disse lei, con voce decisa.

"Se me lo vuoi succhiare, le tue tette devono essere libere, così posso giocarci nel frattempo. Va bene?"

Vide che i capezzoli le si stavano indurendo. "Seduto. Sul divano. Subito."

Shep si incamminò verso il divano, con l'uccello a penzoloni. Eh già, era proprio felice. Al settimo cielo.

Appena si fu seduto, Shea arrivò in ginocchio tra le sue cosce, con lo sguardo pieno di desiderio. Lui non riuscì a dir nulla, lei gli prese subito l'uccello tra le mani e cominciò a masturbarlo. C'erano ancora tracce di sperma, che l'aiutavano a scivolare su e giù con la mano.

Shea sorrise, guardandolo con occhi invitanti, poi gli leccò la punta del glande. Shep risucchiò di getto per il piacere, guardando e *sentendo* la lingua che passava sulle barrette di metallo infilate sulla punta del suo pene. Lei lo succhiò in tutta la sua lunghezza, continuando nel frattempo a masturbarlo. Poi scese con la bocca fino ai testicoli, che toccavano il divano. Ne prese uno in bocca, lo leccò tutto intorno, poi fece altrettanto con l'altro, mentre in lui cresceva il piacere.

"Cazzo, avevi ragione. Sei davvero molto brava con la bocca."

Lei si allontanò e si leccò le labbra. "E non l'ho ancora preso tutto."

Lui deglutì a fatica, si mise una mano alla base dell'uccello per tenerlo fermo, poi alzò il mento. "Sono pronto, piccola."

Lei sorrise, poi gli prese in bocca la punta dell'uccello, succhiandolo dentro fino in fondo. Shep si sentì perso. Cavoli, quanto era brava.

Shea cominciò ad andare su e giù con la testa, ogni volta ingoiando sempre di più. Teneva e stringeva con le mani ciò che non riusciva a ingoiare.

Shep non riusciva più a resistere, così le prese i capelli, avvolgendoseli intorno a un polso, e li tirò.

Lei tirò indietro la testa e si fece seria, l'uccello le uscì di bocca con uno schiocco.

"Ero impegnata."

"Adesso ti scopo in bocca, Shea. Ti sta bene?" Non voleva farle male.

Lei spalancò gli occhi e poi annuì. Lui le fece abbassare la testa sull'uccello, lei ne prese in bocca la punta e poi rilassò la presa. Lui strinse il pugno con cui le afferrava i capelli, per tenerle la testa ferma, poi cominciò a pompare coi fianchi, prima lentamente. La vista del suo uccello che entrava e usciva da quella bocca era uno degli spettacoli più sexy che avesse mai visto.

Lei tenne la bocca ben aperta per non farsi ferire dai suoi piercing. In futuro, se avesse voluto scoparla con più forza, se li sarebbe dovuti togliere.

Shep le scopò la bocca lentamente, sempre tenendola stretta per i capelli.

"Toccati, Shea. Masturbati fino a venire."

Lei annuì, sempre con il suo uccello in bocca, poi si fece scivolare una mano in mezzo alle gambe.

Lui le tirò indietro la testa e gliela orientò diversamente, in modo da riuscire a pompare e vederle allo stesso tempo la passera, con le dita che entravano e uscivano. Le dita di Shea erano già bagnate, Shep si sentì sull'orlo dell'orgasmo.

Così le tirò i capelli e le scopò la bocca un po' più forte.

"Toccati il clitoride, Shea, pizzicalo." Lei obbedì, gemendo. "Prenditi i capezzoli e pizzicali, mentre ti scopi con le dita, piccola. Io sto per sfogarmi, ma voglio che tu venga per prima. Hai capito?"

Lei annuì, con gli occhi avidi di desiderio.

Lui la guardò, con una mano si masturbava, con l'altra si stimolava i capezzoli, uno spettacolo mozzafiato. Shea cominciò ad ansimargli sull'uccello, fino a gemere, con gli occhi alzati, mentre raggiungeva il picco del piacere.

"Rilassati e deglutisci, Shea."

Lei lo guardò negli occhi, poi annuì. Lui spinse ancora un paio di volte poi si fermò, spruzzandole sulla lingua, giù fino in gola.

Alla fine, le lasciò i capelli e la tirò su, facendola sedere sulle proprie ginocchia. Lei si accoccolò contro di lui, lasciandosi avvolgere dalle sue carezze.

"Stai bene, piccola?"

"Mai stata meglio. E tu?" gli sussurrò, con la faccia appoggiata al suo collo.

"Alla grande, Shea. Sono in paradiso."

Capitolo sei

SHEA AVREBBE GIURATO CHE LE SCARTOFFIE SULLA sua scrivania si erano moltiplicate, nel fine settimana. Esaminò le pile di documenti che si erano aggiunte da venerdì e imprecò. I suoi colleghi erano davvero dei matti, se pensavano di addossare a lei tutto quel casino.

Eh no, col *cavolo*.

Forse in passato l'avrebbe accettato, ma ormai non più.

Non dall'arrivo di Shep.

Sì, va bene, secondo Shep era comunque lei ad avere tutti i meriti e lui non aveva nulla a che vedere con il carattere che lei stava rivelando sempre più, ma a lei quel dettaglio non importava.

Lui la faceva sorridere, la faceva rilassare, l'aiu-tava a scoprire se stessa, ed era successo tutto in solo due settimane.

Due settimane.

Non riusciva a credere di conoscerlo solo da due settimane. Non le sembrava vero, era impossibile provare le emozioni che provava per lui (anche se non le esprimeva a parole) in così poco tempo.

Lui la faceva ridere. La portava fuori in posti strani. Chi era così pazzo da voler andare in un cimitero la sera, al buio, solo per conoscere meglio la città, magari con qualche coccola?

Le tornarono in mente le immagini dei loro rapporti, contro il muro, sul pavimento, a letto, poi nella doccia, infine sulla tavola.

Si sentì arrossire, sentiva il calore delle proprie guance.

Eh già.

Le piaceva come lui sapeva scaldarla, in *ogni* modo.

"Eccoti qua. Ma guarda questo casino. Hai scelto di mollare un uomo perfetto per cosa? Per questo squallore? Si vede dalle pile di documenti sulla tua scrivania che sei indietro. Non sei brava nemmeno nel lavoro che ti ha fatto lasciare la famiglia, non è vero? Oddio, ma in cosa sarai mai brava?"

Shea si bloccò, alle parole feroci della madre.

Cosa diamine ci faceva nel suo ufficio? Sua madre non ci aveva mai messo piede. Il suo posto di lavoro era troppo borghese per una donna di classe come lei… un aspetto segretamente amato da Shea, che nel suo ufficio trovava rifugio dalla regina di tutte le stronze.

"Mamma?" disse ansimando, mentre i pensieri bollenti su Shep le svanivano dalla mente a velocità supersonica.

"Ma certo che sono io, chi credevi che fosse? Chi altro può venire a trovarti, sapendo ciò che so io? Di certo avrai deluso altre persone come hai deluso me, ma ricordati che non potrai *mai* deludere gli altri quanto hai deluso me."

Shea a quel punto ne ebbe abbastanza.

"Si può sapere che problema hai, mamma? Cosa mai ti ho fatto, per meritare tutto questo odio? Mi attacchi sempre, fin da quando ero piccola. Sì, non mi hai mai picchiata, sarebbe stato troppo volgare. Eppure, non sono mai stata abbastanza brava, secondo te. Sono sempre stata scarsa. Dimmi, mamma, cosa mai ti avrò fatto?"

Sua madre si irrigidì con la bocca spalancata, sembrava un pesce fuor d'acqua. "Cosa hai fatto? Nulla!" Alzò le braccia al cielo. "Nulla. Sei sempre stata una piattola inutile. Ho fatto tutto ciò che potevo per garantirti un posto in società. Ti ho trovato l'uomo perfetto, il matrimonio perfetto, eppure guarda cos'hai combinato. Hai gettato tutto all'aria. E per cosa? Un teppista tatuato che non è degno nemmeno di lustrarmi le scarpe."

Sua madre sapeva di Shep?

"Come cavolo fai a sapere del mio ragazzo? E comunque, per la cronaca, non parlare così di Shep. Tu non sai nulla di lui."

"Invece ne so abbastanza, carina. Ma non capisci? Io so tutto. Bastano un po' di soldi e qualche spintarella per sapere tutto. So che te ne vai in giro in città come una donnetta qualunque, non è nemmeno capace di portarti fuori come si deve. No, ti porta in postacci come il cimitero. Santo Dio! Un serial killer pronto all'azione, e te la fai con lui? No, adesso basta, carina. È ora di finirla."

"Mi hai fatta seguire?" Shea sapeva bene che sua madre non l'avrebbe mai seguita. Mai e poi mai sua madre si sarebbe abbassata tanto da occuparsi in prima persona di un lavoro così vile. Era già sorpresa che si fosse presa il tempo di presentarsi nel suo ufficio.

Doveva avere pronto qualche colpo basso.

Sentì un brivido di terrore che le risaliva la schiena, così alzò il mento e si preparò al peggio.

"Ma certo che ti ho fatto seguire, non ho mai smesso, Shea. Tu pensi di aver abbandonato la famiglia, ma non è così. Ti abbiamo concesso questa pausa perché potessi *trovare* te stessa, ma adesso è il momento di tornare. Richard chiaramente c'è rimasto male, non vedendoti a pranzo, ma è ancora disposto a riprenderti. Ovviamente l'abbiamo risarcito per il disturbo, era il minimo."

Shea sbatté le palpebre. "Lo *pagate* per sposarmi? Ma non siamo nell'Ottocento! Non ho bisogno di una dote!"

"Stai attenta a come parli, comportati in modo civile. Altrimenti Richard dovrà toglierti queste brutte maniere, in un modo o nell'altro."

Sua madre aveva appena detto che il suo presunto futuro marito doveva picchiarla? Santo cielo, che donna orribile, una matta patentata.

"Mamma…"

Sua madre alzò una mano per interromperla. "No. Non voglio sentire le tue solite scuse. Lascerai questo lavoro immediatamente. Mi hai già dimostrato di non essere in grado di mantenerlo. Basta guardare al disordine sulla tua scrivania. Una vera Little almeno sarebbe una lavoratrice modello. Tu invece non sei riuscita nemmeno in questo."

"Quelli non sono documenti miei, io sono bravissima in ciò che faccio, e smettila di avvilirmi."

Sua madre socchiuse gli occhi. "Non mi piace questo tuo nuovo atteggiamento, almeno quando avevi provato ad allontanarti, l'avevi fatto a occhi bassi, da stronzetta quale sei. Adesso invece? La colpa è di quel delinquente tatuato, chissà che strane idee ti ha messo in testa. Sei una nullità, Shea, ricordatelo. Quel teppista vale meno di te. In altre parole, siete proprio perfetti l'uno per l'altra. Adesso, in questo mondo non vali nulla. La famiglia ha bisogno di te, non ti sarà più permesso evitare le tue responsabilità. Io non te lo permetterò."

Shea sentì la rabbia che le cresceva dentro. "Tu non me lo permetterai? Ma chi ti credi di essere? Tu non sei più mia madre. Sei solo una stronza patetica che non capisce che non può più controllarmi. Lasciami perdere. Ma non capisci che sono più felice fuori dalla famiglia? Ti sei accorta di non aver mai pronunciato una sola volta il nome del papà? Come mai? Non sarà perché a lui non importa, in ogni caso? Non gli è mai importato, mamma. Non importa nemmeno a me. Devi solo lasciarmi perdere."

Sua madre trasalì, sentendo parlare del marito.

Colpo andato a segno.

Purtroppo, Shea non si sentì affatto meglio.

"Tuo padre non c'entra, lascialo perdere. Non sei mai stata all'altezza nemmeno per lui. Sei tu il motivo per cui non si occupa più degli affari di famiglia. Solo tu."

"Come vuoi, mamma, come ti pare. Adesso vattene, per favore. Sono stanca e devo lavorare. Poi andrò da Shep, perché ho trentadue anni e ho oltrepassato da tempo l'età in cui mia madre mi può dire quello che devo fare. Specialmente se mi devi sputare addosso tutto il tuo odio al vetriolo. Sono stufa."

Sua madre strinse le labbra con più forza. Ancora un po' e non avrebbe avuto la forza di stringerle di più.

"Tu provaci, Shea. Provaci solo, ma se non esci stasera a cena con Richard per accettare la sua offerta, rovinerò quel delinquente di *Shep* e tutto ciò che lo circonda."

Shea si sentì gelare. "Ma che cazzo vuoi dire?"

"Stai attenta a come parli."

"Parlo come cazzo voglio!" urlò Shea. "Dimmi

che cazzo vuoi dire, non puoi far del male a Shep. Lui non significa niente, per te. Non fa parte dei tuoi *giri* e meno male!" sbottò.

Sua madre alzò la testa. "Eh già, di sicuro è fuori dal mio mondo. Non ne farà mai parte. Ma ti dirò cosa mi rappresenta, è un meschino senza nemmeno una laurea, che per lavoro fa quello che si fanno i detenuti in carcere."

"Shep è un artista fantastico. Tu non sai nulla di lui. Smettila di parlar male di lui."

"È una nullità, mi bastano un paio di telefonate per far chiudere quel covo di teppisti che è la Midnight Ink. Posso rendergli la vita un inferno, non potrà nemmeno disegnare col gesso per la strada, senza che la polizia lo arresti per qualche crimine o per qualunque altro motivo. Posso rovinarlo, Shea, e non credere che non sia disposta a farlo. E se continui a rifiutarti di stargli alla larga, rovinerò anche quell'altro negozio di Denver, la Montgomery Ink. Li rovinerò tutti."

La vampata d'odio negli occhi della madre fece venire voglia di vomitare a Shea.

In quel momento la bile le arrivava fino in bocca, Shea dovette impegnarsi per controllare il tremore che le pervadeva il corpo.

Santo cielo.

Ma chi *era* quella donna?

"Tu... tu non puoi farlo." La stessa Shea si accorse di avere un tono debole e incerto.

Certo che sua madre poteva. Quello era il mondo in cui viveva, conosceva un po' tutti, con i soldi e con i contatti di famiglia poteva arrivare ovunque.

Shep poteva davvero perdere tutto, a causa di quell'egoista, patetica e vendicativa di sua madre?

Oddio.

"Lo sai che posso, Shea. Sai bene che posso schiacciarlo senza nemmeno batter ciglio. Anzi, mi farebbe anche piacere."

Shea deglutì a fatica. "Perché? Perché ti comporti così?"

"Perché abbiamo bisogno della famiglia di Richard," sbottò sua madre. "Noi abbiamo soldi e potere in questo stato, ma la famiglia di Richard si dirama in tutto il paese. Insieme possiamo andare ben oltre. Sai che Richard ha delle ambizioni in politica. Con te al suo fianco, la nostra famiglia avrà un posto d'onore nei palazzi che contano, per le generazioni a venire. Verremo ricordati. Per sempre."

Quella donna era proprio folle.

Una pazza scatenata.

"Shea, se non lo lasci, gli toglierò tutto. Hai tempo fino a stasera."

Così sua madre girò i tacchi delle sue scarpe di classe e lasciò Shea da sola, in piedi, nel suo ufficio.

Distrutta.

Shea si sentì cadere all'indietro, non riusciva più a reggersi in piedi, si appoggiò alla scrivania. Una pila di documenti cadde a terra, ma lei li ignorò.

Cosa poteva fare?

Non riusciva a credere a quanto stava succedendo. Sua madre non poteva intromettersi così nella sua vita e cercare di riprendere il controllo che aveva esercitato per fin troppo tempo.

Shea chiuse gli occhi, le lacrime che prima non aveva notato cominciarono a scendere più copiosamente.

Avrebbe perso Shep.

Per far sì che lui potesse continuare a vivere la sua vita, perché potesse essere felice, avrebbe dovuto perderlo.

Sentì le braccia stanche e insensibili, il petto tremante.

Oddio.

Non poteva perderlo. L'aveva appena trovato.

Finalmente era riuscita a controbattere a sua

madre a testa alta, tutto per niente. Sua madre l'aveva sempre vinta, aveva sempre un asso nella manica, aveva trovato il modo di stroncare sul nascere la vita che Shea voleva costruire con l'uomo che amava.

Per quanto pensasse di potersi ribellare, sua madre ribatteva più forte, per punirla delle colpe e degli errori che non aveva mai nemmeno commesso.

Ecco che tipo di donna era, sua madre.

Shea non sapeva come fare, per ribellarsi.

Sì, certo, aveva imparato a difendere se stessa e avrebbe combattuto fino alla morte per Shep, ma come poteva rischiare di fargli del male oltre misura, combattendo contro sua madre una battaglia che sapeva di non poter vincere?

No.

Non poteva farlo.

Era costretta a rinunciare a lui, perché lui potesse vivere bene, anche senza di lei.

Shea avrebbe sposato Richard, distruggendo completamente se stessa.

Avrebbe fatto di tutto, per Shep.

Anche lasciarlo.

Rimise in ordine la pila di documenti che era caduta per terra, appoggiando le carte sulle altre pile di documenti che avrebbe lasciato agli altri commercialisti.

Diamine, si stava davvero arrendendo.

Ecco in cosa l'aveva trasformata sua madre, proprio nella persona che lei aveva cercato con tutta se stessa di non diventare.

Che rabbia.

"Shea? Ti ho portato il caffè."

Il suono della voce di Shep la fece trasalire, così fece cadere per terra i documenti che aveva in mano. Imprecò di nuovo (stavolta solo mentalmente, ricordandosi che avrebbe dovuto smettere, una volta sposato Richard), poi si abbassò per raccogliere le carte.

"Oh, scusami, piccolina, non volevo spaventarti. Ecco, lascia che ti aiuti."

Con la coda dell'occhio, Shea vide che Shep posava tue tazze di caffè e una borsina, per poi avvicinarsi a lei.

Non poteva affrontarlo.

Ci sarebbe stata troppo male.

Avrebbe dovuto sgattaiolare via, da codarda qual era.

"Ci penso io. In realtà sono piuttosto impegnata, adesso. Mi trovi in un brutto momento." La voce di Shea era glaciale, proprio come prima di entrare alla Midnight Ink per la prima volta, prima di mettere gli occhi sull'uomo di cui si era innamorata.

"Ehi, che succede? Cosa ti è successo?" Le prese un gomito con una mano, facendola voltare. Lei abbassò la testa, incapace di sostenere il suo sguardo. "Parlami."

"Te ne devi andare, Shep." Quelle parole le uscirono di bocca a fatica, Shea aveva la gola piena di dolore.

Lui le fece alzare la testa con un dito sotto il mento. "Perché, Shea? Perché me ne devo andare?"

"Tu... te ne devi andare. Ci siamo divertiti. Ci siamo divertiti davvero, ma devo tornare alla mia vita. Ho cambiato idea, sul tatuaggio. Non lo voglio più. Non voglio più nemmeno te."

Shea trattenne a stento le lacrime, oppressa da un'agonia insopportabile.

Il dolore attraversò il volto di Shep, poi la sua espressione divenne lentamente interrogativa. "Come?"

"Io... non posso più stare con te. Siamo persone diverse. Tu sei... tu sei tu. Sei deciso, forte. Sei proprio... Midnight Ink. Io sono glaciale. Sono sempre stata fredda, sarò sempre gelida. Te ne devi andare, Shep."

"Ma che cazzo dici, Shea?"

"Te ne devi andare, Shep. Non possiamo vederci mai più. È tutto finito."

Lui la guardò, con la stessa espressione di quando lei gli aveva chiesto la prima volta un tatuaggio, alla Midnight Ink.

"No."

Capitolo sette

"No," ripeté Shep, tenendo a bada tutta la rabbia, tutta l'angoscia. "No. Non puoi farlo."

"No? Perché continui a ripeterlo? Non puoi dire semplicemente di no e fare come vuoi." Il mento di Shea tremava, Shep strinse i denti. Stava succedendo qualcosa, era molto più della sola paura di impegnarsi, non era il semplice timore che aveva creduto di percepire al principio.

No, era qualcosa di molto peggio.

Shea aveva paura di qualcosa e lui avrebbe preferito andare all'inferno, piuttosto che lasciarle chiudere il loro rapporto per quella paura.

"Quando ti ho detto di no al negozio era perché non avevi la più pallida idea di cosa volevi farti tatuare, Shea. Il tatuaggio è permanente, ti rimane sul corpo per sempre. Non è come un cazzo di vestito che ti puoi mettere e togliere quando vuoi, come se niente fosse."

Lei piegò la testa di lato come se l'avesse appena schiaffeggiata, mentre lui inspirò profondamente dal naso. Merda. Non voleva scagliarsi così, contro di lei, solo che era davvero arrabbiato, perché lei stava cercando di lasciarlo.

Non aveva mai desiderato un rapporto serio e impegnato, in passato, eppure lo voleva.

Con Shea.

Non poteva lasciarlo così.

Soprattutto perché chiaramente lo voleva anche lei.

O almeno lo aveva *voluto*.

"Lo so che un tatuaggio non si cambia come un vestito o come un paio di scarpe, Shep. Non sono un'idiota, non trattarmi da stupida."

"Allora anche tu non trattare *me* da stupido e non mentirmi. Mi vuoi lasciare perché sei stufa di me? Ma che cazzo. Tutte palle. Adesso mi dici cosa cazzo sta succedendo."

Lei deglutì a fatica, lui seguì con gli occhi i movimenti della sua gola. "Sono stufa, Shep. Non ne ho più voglia." Shea aveva la voce rotta dall'emozione, ma riuscì a trattenere le lacrime. "Vattene, ti prego."

Lui le prese la faccia tra le mani, lei cercò di ritrarsi, ma lui la strinse, pur senza farle male, ma mostrandole che non l'avrebbe lasciata andare.

Non senza una spiegazione.

Forse non l'avrebbe lasciata andare mai più.

"Non puoi lasciarmi così, Shea. Soprattutto perché so che lo fai per paura. Se non mi volessi più, lo saprei. Non saresti sull'orlo di una crisi. Per qualche motivo, sei spaventata. Dimmi il perché, piccola."

Lei chiuse gli occhi. "Lasciami perdere, Shep. Io… non posso farcela. Non posso lasciare che ti venga fatto del male."

Del male?

"Dimmi tutto, Shea"

"Non posso."

"È la tua famiglia?" Lei spalancò gli occhi, poi annuì. Va bene, lui stava cominciando a capire. "Tu non sei come la tua famiglia, Shea. Tu non sei la persona che vuole tua madre." Lei sussultò. "Piccola, ma tu sei molto di più! Sei una ventata d'aria fresca, sei così meravigliosa che voglio scoprire ogni angolo del tuo animo per farmi avvolgere da te. Ti amo davvero tanto, Shea, ma non lo vedi?"

Shea si sentì il fiato corto. "Non dirlo, Shep. Non lo dici davvero."

"Smettila. Non sei tu a dirmi quello che provo. Io ti amo. Non ho mai amato così, al di fuori della mia famiglia, quindi non dirmi quello che posso o non posso dire. Cazzo, io ti *amo!*"

"Sei tu che cerchi di dire a me quello che provo!"

"Perché stai mentendo a te stessa! Tu non sei la persona che la tua famiglia vorrebbe, non sei chi ti dicono di essere, Shea. Tu sei la persona che *vuoi* essere."

Lei sospirò.

Evidentemente si stava avvicinando alla verità.

"Io ti voglio, Shea, voglio tutto con te. Voglio la donna con cui ho passato le nostre serate. Voglio la donna che si veste elegante con quei cazzo di tacchi. Voglio tutto."

"Shep."

"No, fammi finire. Voglio che tu ti faccia quel tatuaggio. Voglio segnare il tuo corpo e la tua anima, voglio segnarti con me stesso. Voglio che ti guardi allo specchio sapendo che ti amo."

Le lacrime cominciarono a scenderle copiosamente dagli occhi.

"Allora, piccola, voglio che lasci un segno sul

mio corpo. Voglio che mi guardi sapendo che ti amo."

"Shep."

"Voglio tutto, Shea."

Lei cercò di allontanarsi e di aggirarlo. Lui le mise le braccia intorno al corpo, avvicinandola e facendole appoggiare la schiena contro il proprio petto. Poi le appoggiò il naso alla guancia e inspirò il suo profumo.

"Piccola, dimmi qual è il problema."

"Non posso." Shea aveva la voce scossa, lui smise di parlare per ascoltarla.

"Piccola, non aver paura. Ci sono io a proteggerti, anche se sei abbastanza forte da cavartela da sola. Devi solo convincertene."

Il silenzio fu interrotto da un sussurro. "Io… non sono forte abbastanza. Sono una… codarda." Le lacrime ormai le ricoprivano le guance, Shep la fece voltare, stringendola a sé.

Le mise una mano dietro la schiena, mormorandole promesse d'amore.

"Piccola, dimmi cosa è successo."

"Mia madre," gli sussurrò, con voce profondamente abbattuta.

Lui la strinse più forte. "Tua madre?" Cosa cazzo aveva fatto quella stronza?

"Lei..." Shea si fermò, tirò fiato, poi alzò il mento fino a guardarlo negli occhi. "Mi ha detto che se continuo a uscire con te ti distrugge."

"Mi distrugge? Ma che cazzo?! Cosa pensa, di essere in qualche film noir o qualcosa del genere?"

Shea scosse la testa. "Ma tu non capisci, la mia famiglia ha contatti dappertutto. Cioè, non nella mafia, niente criminalità." Fece una pausa. "Anzi, a dire la verità non ne sono nemmeno sicura. Ma il fatto è che hanno i soldi. Hanno molti soldi. Mia madre usa i soldi per ottenere tutto ciò che vuole."

"E stavolta ciò che vuole è farci mollare."

Shea si morse le labbra. "Ma c'è dell'altro."

"Perché non mi piace il modo in cui dici *altro*?"

"Vuole che lasci il mio lavoro e che incontri Richard stasera stessa."

"Richard. Il tuo ex fidanzato, quel Richard?"

"Proprio quello. Dice di averlo *pagato* perché mi sposi. Mi ha *venduta* per far avere alla famiglia maggiore potere."

Lui l'abbracciò ancor più forte. "Ma piccola, io ti amo, anche se tua madre la ucciderei volentieri."

"Allora mettiti in coda," mormorò Shea.

"Dimmi cosa può mai averti detto, per convincerti, Shea? Io ti conosco, piccola, tu te ne sei già andata dalla famiglia, e adesso ci vorresti tornare?"

"Come ti dicevo, ti vuole distruggere."

"Ma come? Dolcezza, lei non mi *conosce* nemmeno. Come può distruggermi?"

"Farà chiudere la Midnight Ink e farà in modo che tu non possa più lavorare. Poi farà del male anche al resto della tua famiglia, a Austin e a tutti i parenti di Denver. Shep, ha già fatto qualcosa del genere, in passato. La mia insegnante delle elementari è stata licenziata, non ha più potuto insegnare, dopo aver risposto male a mia madre, che le chiedeva di farmi fare lavori diversi dagli altri, solo perché gli altri genitori avevano meno soldi di noi."

"Santo cielo, che stronza maledetta. Ma come cavolo ha fatto?"

"Non lo so. I soldi possono risolvere molti problemi, Shep, non voglio che tu perda tutto. Non posso permetterlo."

Shep la baciò con grande passione.

Quando si allontanò, lei lo guardò negli occhi con lo sguardo affranto.

"No. Non ci farà questo. Che vada a fanculo. Che contatti chi vuole, noi della Midnight Ink siamo tosti da tirar giù. Che vada all'inferno. Anche la mia famiglia ha dei contatti, piccola. Magari non tanti quanti ne ha lei, ma abbastanza da proteggerci, non ci farà del male. Troverò io il modo di tenerci al sicuro, piccola. Non dovrai scappare da me per proteggermi, hai capito?"

"Shep. Non lascerò che ti faccia del male."

"Insomma, non sta a te decidere."

"Mi dici di essere indipendente e di combattere le mie battaglie. Ma è proprio quello che sto facendo."

"No. Tu combatti al mio posto e ti stai mettendo in un casino perso in partenza."

"Insomma, vaffanculo!"

Shep lasciò andare la testa all'indietro e rise.

"Non è questo il momento di mettersi a ridere, Shep."

"Santo cielo, piccola, ma hai appena detto di andare a fanculo. Proprio tu, quella a cui non piace usare parolacce, se non quando sono dentro di te."

La pelle di Shea fu lentamente invasa dal rossore. "Smettila di parlare di quello."

"Piccola, ma tu sei bella quando vieni. Sei bella ogni giorno. Non puoi lasciarmi solo perché tua madre è una stronza. Lascia che telefoni a un paio di amici alla Midnight, ce ne occupiamo subito. Lei non ha tutto il potere che crede di avere. Lei vola alto nelle sfere del potere, noi viviamo nei bassifondi e ci sporchiamo le mani, lei non può stare al nostro gioco."

"Ma sei sicuro?" gli chiese, con la voce piena di speranza, ravvivata da quelle parole.

"Ne sono sicuro. Non lasciarmi, Shea."

"Ma io non voglio lasciarti, voglio stare con te. Anch'io voglio tutto, con te." Le ultime parole le uscirono di bocca in un sussurro.

"Santo cielo, quanto ti amo." Shep la baciò con grande trasporto, poi la allontanò. "E tu non hai niente da dirmi?" le chiese, provocandola.

Shea sorrise, ora nei suoi occhi le lacrime di dolore avevano lasciato il posto a lacrime di gioia. "Ti amo tantissimo. Tanto da far paura."

"Era ora, finalmente. Adesso, possiamo stare da soli nel tuo ufficio per un po' di tempo?"

Shea si fece seria. "Sì, oggi sono da sola. Perché?"

"Perché ho voglia di scoparti sulla tua scrivania, mentre indossi quei bei tacchi rosa. Ti crea dei problemi?"

Lei abbassò gli occhi e tremò tra le sue braccia. "Ma Shep..."

"Ti crea dei problemi?" le ripeté lui.

"No," sussurrò lei.

"Ottimo. Allora togliti le mutandine, Shea."

Lei ansimò. "E la mia gonna, e la camicetta?"

"Voglio che tu rimanga vestita. Ti piace l'idea?

Scopiamo insieme tutti vestiti, così quando torni a lavorare ti rimane addosso il mio odore."

Lei annuì e fece per sfilarsi le mutandine.

Che spettacolo.

Porca vacca.

Shep si sbottonò i jeans e tirò fuori l'uccello. Poi tirò fuori un profilattico dalla tasca posteriore... da quando aveva incontrato Shea ne portava sempre uno con sé, lo aprì e se lo infilò.

"Adesso piegati sulla tua scrivania, Shea."

Lei si leccò le labbra e fece come le diceva. Aveva la gonna troppo lunga perché lui potesse vedere tutto, così Shep si mise in piedi dietro di lei, massaggiandosi l'uccello già mezzo duro.

"Tirati su la gonna. Fammi vedere la tua bella passera."

Lei allungò indietro le braccia e si sollevò la gonna fino ai fianchi, tenendo la testa abbassata sulla scrivania. Cavolo, sapeva bene cosa gli piacesse.

Così rimase con il sedere e la passera scoperti, pronta per lui.

"Apri un po' le gambe, piccola. Voglio vederti bene."

Lei fece come le aveva detto, le gambe le tremavano per i tacchi alti, ma era troppo affascinante!

Aveva il sedere bello tondo e sodo, tanto che lui riusciva sempre ad afferrarlo bene, quando pompava dentro di lei. La sua passera si era già bagnata ascoltandolo parlare, Shep non vedeva l'ora di penetrarla. In genere, prima preferiva leccargliela, andare con calma, ma in quel momento la voleva intorno all'uccello.

Così le si avvicinò, le appoggiò una mano al sedere, poi alzò la mano e la sculacciò.

"Shep."

"Non lasciarmi mai più, non pensarci nemmeno. Non per un motivo così stupido come quello di oggi."

Lei annuì, così lui la massaggiò dove l'aveva colpita. Non andarono oltre coi giochetti, se non per qualche sculacciata qua e là, ma vedendo quanto le sculacciate la facevano ansimare, avrebbero senz'altro esplorato anche quel territorio, in futuro.

Shep le appoggiò la punta dell'uccello alle grandi labbra, facendola sospirare. Lei cercò di spingersi all'indietro, per prenderlo dentro, ma lui la tenne ferma.

"Non ancora, Shea. Lasciami fare."

"Come vuoi, Shep."

Santo cielo, quanto amava quella donna.

Shep si posizionò meglio e poi la penetrò di getto con un colpo solo.

Lei inarcò il corpo, soffocando un grido di piacere. La sua passera gli si strinse intorno, mentre veniva.

"Cavolo, Shea. Sei venuta con un solo colpo. Sei davvero forte, lo sai?"

"Ma è tutto merito tuo, Shep. Adesso dai, scopami. Fammi tua."

Ecco, era quello che voleva?

Shep si tirò indietro lentamente, poi la penetrò con lo stesso slancio di prima. La prese per i fianchi e la scopò con slancio, pompando più forte che poteva. Shep aveva la fronte ricoperta da gocce di sudore, mentre cercava di non venire troppo presto.

Non voleva far finire tutto troppo alla svelta.

No, voleva imprimersi per sempre nella memoria l'immagine di Shea piegata su quella scrivania, mentre lui entrava e usciva dalla sua passera.

A un certo punto Shep sentì i testicoli che si stringevano, così imprecò e si tirò fuori.

"Cosa?" domandò lei, prima di sentirsi girare con la schiena sulla scrivania, per poi essere penetrata di nuovo, con un colpo solo. "Ah," ansimò Shea.

"Voglio vedere la tua faccia, mentre vengo."

Shep intrecciò le dita di una mano con quelle di lei, mentre con l'altra la teneva ferma, aggrappato a una natica. Lei gli avvolse le gambe intorno al corpo, con tanto di tacchi.

Shep continuò a pompare, baciandola, per poi passare le labbra su ogni parte del corpo che poteva raggiungere. Erano ancora vestiti, Shep sapeva che si sarebbero entrambi spogliati il prima possibile, per poter stare a contatto di pelle.

Il suo uccello cominciò a palpitare, pronto a esplodere. Così la baciò ancora sulla bocca.

"Ti amo, Shea."

"Ti amo, Shep."

Lui spinse un'altra volta, poi venne riempiendo il preservativo, mentre mormorava il nome di lei, con la bocca appoggiata al suo collo.

"La migliore di sempre," disse Shea, ansimando.

Lui sorrise e replicò: "Non hai ancora visto nulla."

Epilogo

"Si strofina la crema sulla pelle...[1]"

Shep rimase immobile con una mano sul fianco di Shea e l'altra sul suo sedere nudo, tenendola a posto. Trattenne un brivido e chiuse gli occhi.

"Shea, piccola, la smetti di ripetere sempre la stessa frase, ogni volta che ti metto la crema sul tatuaggio?"

Lei si voltò per poterlo guardare in faccia. Con quel movimento, rivolse verso di lui anche i seni, così Shep si abbassò per leccarle un capezzolo.

Non riusciva mai a trattenersi.

Shea gemette e si agitò tra le sue mani. Lui le strinse il sedere e poi la sculacciò forte. "Stai ferma."

"Mi hai appena sculacciata!"

"Continui a fare sempre la stessa citazione da quel film da brivido, ogni volta che ti metto la crema."

Lei sbuffò e scosse la testa. "Scusami, è solo che mi torna in mente ogni volta che mi lubrifichi il tatuaggio."

"E smettila di parlare di lubrificare. Abbiamo dovuto fare attenzione per mesi perché non ti facessi male quando scopavamo, quindi adesso non farmelo venire duro."

Shea fece il broncio, Shep rise. Eh sì, amava davvero questa nuova Shea, così giocherellona. Certo, sapeva comunque essere la principessa di ghiaccio, quando doveva, ma ogni volta che rimanevano da soli loro due tornava a essere morbida come la seta.

Tutta *sua*.

Insieme, avevano rotto ogni legame con la famiglia di Shea, per sempre. Quella bastarda di sua madre non aveva idea di chi voleva mettersi contro. I Montgomery e gli altri della Midnight Ink non chinavano il capo davanti a nessuno. Erano bastate alcune telefonate per ricoprire i coniugi Little di merda, per sempre. Era incredibile cosa potessero fare dei soldi, della droga e il desiderio di bizzarrie (non proprio nei termini del lecito) a una famiglia che si vantava di essere un esempio, una famiglia modello.

Evidentemente quel modello era buono solo di facciata.

Shep aveva scelto di colpire troppo in basso, però, non voleva in alcun modo ferire Shea, mentre si occupava dei suoi genitori. Aveva mandato qualcuno della Midnight a ricattarli. Sì, Shea sapeva tutto, fino al minimo dettaglio; odiava dover arrivare a tanto, ma non c'era nulla che potesse ritorcersi contro di lei.

Così, i Little si erano dati una calmata e Shea era finalmente libera.

Era libera di essere se stessa, libera di stare con lui, libera finalmente di farsi il suo tatuaggio.

Shep passò la mano su quell'opera d'arte, gli erano servite due sedute molto lunghe per completarla. Shea era stata fortissima, aveva sussultato solo un paio di volte, ma poi si era abituata al ronzio degli aghi.

Eh già, amava quella donna davvero alla follia.

Passò un dito sul contorno del ciliegio in fiore che le occupava tutto il fianco destro e sorrise. Un ramo si incurvava, scorrendole sotto un seno; Shep sapeva che quel ramo le aveva fatto molto male, anche se lei non si era lamentata. Un altro ramo le saliva sulla spalla, facendo capolino ogni volta che indossava un vestito. Gli altri rami si intrecciavano sul suo busto fino all'anca, attraversandole la schiena nella zona lombare, per terminare proprio sopra il suo sedere.

Era davvero la sua opera d'arte migliore in assoluto.

Ogni bocciolo era un disegno delicato, con sfumature di rosa e di bianco.

Quel ciliegio in fiore simboleggiava la fine dell'inverno, una stagione difficile, la fine di un viaggio pieno di difficoltà. Avevano scelto il ciliegio in fiore per rappresentare i cambiamenti che Shea aveva vissuto e il modo in cui voleva vivere la sua vita.

Libera.

Lontana dalla sua famiglia era fiorita, quindi era davvero una scelta perfetta.

Quel tatuaggio era ancor più perfetto per loro due per gli intagli nella corteccia dell'albero. Shep non aveva tracciato l'interno della corteccia come avrebbe fatto normalmente, con le solite sfumature: aveva disegnato dei segni che avevano un significato molto speciale per entrambi, lasciando alcune zone scoperte, per poter aggiungere altro, all'occorrenza.

Appena sotto le costole c'era il simbolo celtico

della gioia. Simboleggiava una Shea sorridente, piena di gioia, come al loro primo appuntamento, quando avevano ascoltato le bande che suonavano per la strada.

Un altro simbolo celtico rappresentava il coraggio. Era stata con lui nel cimitero al buio, si era tuffata a capofitto nel mondo di Shep, illuminando anche lui. Shea aveva scelto uno dei tatuaggi più grandi che Shep avesse mai fatto su una persona alla prima esperienza, perché lei era così.

L'ultimo simbolo rappresentava la libertà. Era stato il simbolo più ovvio da metterle sul corpo, dato che finalmente era libera, anche se quella libertà la legava comunque a lui.

Ma lei era contenta così.

Shep le appoggiò una mano sul fianco e la guardò negli occhi. "Ti amo, Shea."

"Anch'io ti amo, Shep. Però, dato che adesso la pelle si è ripresa completamente, ti amerei ancora di più se finalmente ti mettessi al lavoro come mi prometti sempre."

Lui si lasciò andare a una grassa risata.

"Ma stai buona. Volevo chiederti qualcosa, smetti di farmelo venire duro." Poi si guardò in mezzo alle gambe. "Cioè, *più duro*."

Shea sbuffò e poi si mise seduta, facendosi così dondolare i seni.

A lui piaceva molto come le dondolavano.

"Dimmi tutto."

Lui le prese il viso tra le mani, col cuore che gli batteva all'impazzata. Respirò profondamente e poi si lanciò. "Voglio stare con te per sempre, Shea, per sempre. Sposami. Regalami un sacco di bimbi. *Stai* con me."

Shea spalancò gli occhi, gli gettò le braccia al collo e si buttò con le labbra su quelle di lui. Shep la tirò più vicina.

Poi si tirò indietro. "Lo prendo come un 'sì'? Lo so che usciamo solo da pochi mesi, però…"

"Ma stai buono, certo che sì!"

Shep sorrise, pieno di gioia. "Evviva! Sei tutta mia, futura signora Montgomery."

Shea si leccò le labbra. "Shea Montgomery? Mi piace proprio."

"Mai quanto tu piaci a me."

Lei gli passò una mano nei capelli. "Mi piaci molto, quando diventi così dolce, mio bell'omone tatuato, sexy e con la barba."

Lui si abbassò e le strofinò la barba sulla guancia. "Solo per te, Shea. Solo per te."

Shea gli aveva dato tutto.

Un futuro.

La felicità.

L'ispirazione.

Ora aveva tempo per ringraziarla, tutta la vita.

LA SERIE CONTINUA con Tatuaggio spinoso e il resto dei Montgomery di Denver.

Una nota da Carrie Ann

Grazie mille per aver letto **TATUAGGIO ISPIRATO!**

La serie continua con Tatuaggio spinoso e il resto dei Montgomery di Denver.

Se vuoi ricevere gli aggiornamenti sulle prossime uscite, puoi iscriverti alla mia newsletter su www.CarrieAnnRyan.com; seguimi su Twitter, @CarrieAnnRyan, o metti un Like sulla mia pagina Facebook. C'è anche una pagina Facebook del mio Fan Club dedicata a indovinelli, chiacchierate e altre chicche. I miei lettori sono il motivo per cui faccio ciò che faccio, quindi grazie.

Ricordati di iscriverti alla mia MAILING LIST così potrai sapere subito quando esce un nuovo romanzo, oltre a ricevere informazioni sulle offerte e sulle LETTURE GRATUITE.

Buona lettura!

Se vuoi rimanere aggiornato su nuovi libri o promozioni, sentiti libero di iscriverti alla newsletter di Carrie Ann.

TI INTERESSA ESSERE UN BLOGGER E REVISORE PER CARRIE ANN RYAN? REGISTRATI QUI!

Book 0.5: Tatuaggio ispirato

Book 1: Tatuaggio spinoso

Book 2: I confini della tentazione

Book 3: Un passo difficile

Book 4: Stampato sulla pelle

Altre storie a venire!

L'autrice

Carrie Ann Ryan è un'autrice bestseller del New York Times e dello USA Today e scrive romanzi contemporanei, paranormali ed erotici per giovani adulti. Le sue opere includono le collane Montgomery Ink, Redwood Pack, Fractured Connections, Elements of Five, che hanno venduto più di tre milioni di libri in tutto il mondo. Carrie Ann ha iniziato a scrivere durante la specialistica per la sua laurea in chimica, da allora non si è più fermata. Carrie Ann ha scritto più di settantacinque tra romanzi e racconti brevi e ha molti altri libri in progetto. Quando non si perde tra i suoi mondi emozionanti e ricchi d'azione, legge più che può... ma sostiene che i suoi gatti abbiano più follower di lei.

www.CarrieAnnRyan.com

Note

Epilogo

1. Citazione dal film "Il silenzio degli innocenti"

www.ingramcontent.com/pod-product-compliance
Lightning Source LLC
Chambersburg PA
CBHW061244170626
46809CB00007B/2828